계화전

계화전

발행일	2016년 10월 14일		
지은이	곤도사		
펴낸이	손 형 국		
펴낸곳	(주)북랩		
편집인	선일영	편집	이종무, 권유선, 안은찬, 김송이
디자인	이현수, 이정아, 김민하, 한수희	제작	박기성, 황동현, 구성우
마케팅	김회란, 박진관		
출판등록	2004. 12. 1(제2012-000051호)		
주소	서울시 금천구 가산디지털 1로 168, 우림라이온스밸리 B동 B113, 114호		
홈페이지	www.book.co.kr		
전화번호	(02)2026-5777	팩스	(02)2026-5747

ISBN   979-11-5987-252-5 03810(종이책)

이 도서의 국립중앙도서관 출판예정도서목록(CIP)은 서지정보유통지원시스템 홈페이지(http://seoji.
nl.go.kr)와 국가자료공동목록시스템(http://www.nl.go.kr/kolisnet)에서 이용하실 수 있습니다.
(CIP제어번호 : CIP2016024484)

(주)북랩 성공출판의 파트너

북랩 홈페이지와 패밀리 사이트에서 다양한 출판 솔루션을 만나 보세요!

홈페이지 book.co.kr   1인출판 플랫폼 해피소드 happisode.kr

블로그 blog.naver.com/essaybook 원고모집 book@book.co.kr

계화전

곤도사가 다시 쓰는 박씨부인전

| 곤도사 지음 |

북랩 book Lab

그들의 발자국은 깊은 상처로 남았다. 상처가 아물기 위해서는 마을 사람들의 많은 노력이 필요했다. 세상 떠난 가족을 기억에서 지우고, 폐허가 된 마을을 다시 세우는 일에 모두가 전념해야만 했다. 그러나 상처는 쉽게 아물지 않았다.

    "얼어 죽을 왜놈들."

    그는 들고 있던 곡괭이를 바닥에 내던지고 욕을 퍼부었다. 곡괭이가 둔탁한 소리를 내며 바닥에 꽂혔다. 그 모습을 지켜보며 저 바닥이 왜놈의 머리였으면 좋겠다고 생각했다. 잔인한 상상을 하면서 즐거워하던 순간, 그의 상상을 멈춘 이는 다름 아닌 한 소녀였다.

    "아빠!"

    아직은 어리지만 얼굴이 곱상하고 기개가 엿보이는 소녀

였다.

3년 전, 소녀는 나무 밑에서 울고 있던 젖먹이였다. 이미 임진왜란도 끝난 뒤라 전쟁 통에 생겨난 미아는 아닐 것이었다. 그의 추측이 맞는다면, 아마도 이 아이는 생계가 힘들었던 부모에게 의도적으로 버려졌을 가능성이 높았다. 그만큼 살기 힘든 세상이기도 하다. 아이를 그대로 둘 수는 없었다. 산짐승이라도 나타난다면 아무런 저항도 하지 못한 채 먹잇감이 되고 말 테니까.

어느덧 아이는 자라서 걷기 시작했으며, 그를 아빠라고 불렀다. 왜란으로 딸과 헤어진 그는 소녀를 마치 자신의 친딸처럼 키웠다.

"아니, 언제 또 이렇게 기어 나왔어? 잘 걷지도 못하는 주제에."

그는 얼굴에 미소를 띠며 소녀에게로 다가갔다. 그리고 소녀를 안으려 양팔을 뻗었다.

"자, 이리로 오렴. 아빠를 봐야지. 아빠를 봐봐."

그는 소녀의 시선이 자신에게로 향하길 바랐다. 하지만 소녀의 눈동자는 다른 곳을 향하고 있었다. 소녀의 관심이 다른 곳에 있는 것이다. 그것에 불만을 느낀 그는 투덜대며 뒤를 돌아봤다.

"어디를 보고 있는 거야?"

그는 자신의 눈을 의심했다. 조선 땅에 있어서는 안 될 사람이 저 먼 곳에 서 있었기 때문이다.

"왜, 왜놈!"

왜군이 분명하다. 조선인의 옷을 입고 있었지만, 그의 머리 모양과 손에 들려있는 왜도(倭刀)가 그것을 증명하고 있다. 왜란이 끝나고 고국으로 돌아가지 못한 채, 산 속에서 연명하다가 민가를 약탈하기 위해 산을 내려온 것이 틀림없었다.

왜군은 알아들을 수 없는 말을 외치며, 그에게로 뛰어왔다. 그는 왜군에 대항하기 위해 옆에 있던 낫을 집어 들었다. 그 낫이 무기가 되어 자신을 지켜 주리라 믿었다. 지금 상황에서 낫은 그의 유일한 희망이었다.

'챙!'

왜군의 칼이 그의 낫을 튕겨버리는 순간, 낫과 함께 그의 희망이 날아가고 말았다. 애초에 전쟁 훈련을 받은 왜군과 농사만 하던 농민의 싸움이 대등할 리 없었다. 차가운 왜도가 그의 목을 꿰뚫자, 그의 목에서는 시뻘건 피가 흘러내렸다. 그 피는 흐르고 흘러 땅바닥에 꽂혀있던 곡괭이를 적셨다. 끔찍한 상황임에도 불구하고 소녀는 울지 않았다. 아빠라고 부르던 사내가 죽어가는 순간에도, 소녀의 시선은 왜군을 향해 있었다.

소녀의 눈빛이 자신을 향하고 있는 것을 느낀 왜군은 당황할 수밖에 없었다. 어려서 말도 제대로 하지 못하는 소녀의 눈빛이 너무나 강렬했기 때문이다. 그 시선에 금방이라도 얼어붙을 것만 같았다. 그는 두려운 마음을 애써 누르며 칼을 들어 올렸다. 소녀의 머리가 땅에 떨어지면 두려움도 멈출 것이라고 생각했다. 소녀는 소녀일 뿐, 두려움의 대상이 될 수는 없다. 그저 칼질 한 번이면 당혹스러운 이 순간도 끝나고 말 것이다.

그때였다. 자신의 얼굴을 노려보던 소녀의 시선이 다른 곳으로 옮겨지는 순간, 왜군은 누군가가 자신의 등 뒤로 다가오고 있음을 느낄 수 있었다. 왜군은 재빨리 뒤로 돌아서며 칼을 휘둘렀다. 햇빛을 받은 그의 칼날이 허공을 갈랐다.

'펄럭!'

깃털? 깃털이 휘날렸다. 휘날리는 깃털 사이로 백학 한 마리가 몸을 움직이는 것을 볼 수 있었다. 왜군은 마치 꿈을 꾸고 있는 것만 같았다. 방금 전까지 조그만 소녀에게 두려움

을 느끼더니, 이제는 뜬금없이 나타난 학에게 농락을 당하고
말았다. 더구나 학을 타고 있는 저 사내는 누구란 말인가?

그 사내가 혀를 차며 입술을 움직였다.

"어허, 왜란이 끝난 지가 언제인데 아직까지 왜의 잔병이 조
선의 땅을 밟고 있단 말인가?"

학을 타고 있는 사내가 예사로울 리 없었다. 왜군은 자신의
죽음을 직감이라도 한 듯 사내를 향해 칼을 휘둘렀지만 그
의 몸에 상처 하나 낼 수 없었다.

사내는 여유롭게 갓을 고쳐 쓰고 나서 손을 움직였다. 그
의 손이 가리키는 것은 바닥에 박혀있는 곡괭이였다. 농민의
피로 물든 곡괭이는 사내의 손짓에 따라 몸을 부르르 떨었
다. 잠시 후, 박혀있던 바닥을 차고 나와 빠른 속력으로 왜군
의 머리를 향해 날아들었다.

'퍽!'

곡괭이의 위력은 실로 엄청났다. 날아든 곡괭이가 왜도를
깨뜨리며 왜군의 이마를 꿰뚫은 채 한참을 날아갔다. 고향으
로 돌아가지 못한 왜군은 그렇게 타국에서 생을 마감하고 말
았다.

학에서 내린 사내는 소녀를 향해 다가갔다. 그리고 소녀를

안아 올렸다. 사내의 목소리는 매우 부드러웠다.

"가자, 아가야. 내가 너를 키울 것이야. 이제부터 네 이름은 '계화'다."

사내는 소녀를 안은 채 학에 올라탔고, 학은 가볍게 하늘로 날아올라 구름 속으로 사라졌다.

1. 하늘의 사람

그로부터 몇 년 후.

금강산의 유점사를 지나면 이를 수 있는 비취봉 사람들이 쉽게 오르지 못하는 가파른 절벽 위에 네댓 칸 정도의 방을 가진 초가집 하나가 덩그러니 놓여있다. 흙으로 만들어진 그 집은 금방이라도 무너질 것 같은 모양새다. 작고 허름하다지만, 굳이 이러한 곳에 집을 만든 이유는 무엇일까? 길이 없어서 사람이 찾을 수 없고, 생명을 유지하기 위한 물조차 구하기 힘들어 보이는데 말이다. 그 집에 있던 한 선비가 방을 나왔다.

"계화야!"

방에 있던 계화는 선비의 목소리를 듣고 재빨리 방을 나왔다. 심부름이라도 시키려는 것일까?

"너에게 시킬 일이 있다."

예상대로다.

"서울에 좀 다녀와야겠구나."

"서울이라고요?"

의외다. 심부름일 줄은 알았지만, 그 먼 곳을 다녀오라 하시다니. 그러나 불만은 없었다. 어차피 도술을 이용하면 금방 다녀올 수 있는 거리다. 더구나 박 선비는 그녀에게 생명의 은인이자, 스승이 아니던가.

"우선, 차부터 한잔 마셔야겠다."

박 선비는 계화를 이끌고 초가집 옆에 있는 정자로 향했다. 정자의 윗부분에 '비취정'이라고 쓰인 글씨가 눈에 들어온다. 사람들은 그곳의 이름을 따 박 선비를 '비취 선생'이라고 불렀고, 또는 유점사 근처에서 은둔한다고 하여 '유점 처사'라고도 불렀다.

박 선비는 따뜻한 차가 식기 전에 입술을 적신 후에 입을 열었다. 계화는 무릎을 꿇고 그의 말에 귀를 기울였다.

"서울 안국동에는 이름난 선비가 한 분 있단다. 성은 '이'요, 이름은 '득춘'이라 하고, 자는 '문채'라 했다. 일찍이 벼슬길에 올라 이조참판 홍문관 부제학에 이르렀으며, 충과 효가 지극하고, 마음이 어질고 너그러워 온 나라에 그 이름을 모르는 이가 없는 분이지. 또한 그 부인 강 씨는 현명하기로 이름이 높은 분이란다. 그런데 나이가 사십이 되도록 자녀가 없는 것이 늘 걱정이었어. 그래서 아이를 갖기 위해 이름난 산을 찾아다니며 기도하다가 10개월 전, 이 산에 있는 명월암까지 오시게 되었지. 7일 동안 정성껏 기도를 올리는 그들의 정성에 하늘이 감동했고, 부인 강씨는 그 달에 태기를 느끼게 되었단다. 이제 곧 그 아이가 태어날 터이니, 네가 부인을 찾아가서 내 말을 전해야겠다."

"예."

계화는 박 선비가 일러주는 말을 기억하고 자리에서 일어나 학에 올라탔다.

한편, 서울 안국동에 있는 이득춘의 자택에서는 이득춘이 친구와 담소를 나누고 있었다.

"뒤를 이을 자식이 없으니 죽어서도 조상님들을 뵐 면목이 없던 터였지."

"아이고, 득춘. 그동안 얼마나 마음고생이 심했는가? 자네가 그렇다지만, 부인은 또 얼마나 속이 상했겠어?"

"맞아. 심지어 아내는 첩을 두라더군. 아이를 갖지 못하는 것이 자신의 죄라면서 말이야. 그런데 얼마나 다행인가? 금강산에서 조상님을 만나 이렇게 아이를 갖게 되었으니 이제는 죽어도 여한이 없네."

"조상님을 뵈었다고?"

이득춘은 그때의 일을 떠올리기라도 하듯 입술을 움직이기 시작했다.

"아 글쎄, 꿈에서 조상님이 나타나 우리 부부의 정성이 지극해서 아들을 주겠다며 소매 안에서 구슬 하나를 꺼내 주시는 것이 아닌가? 그러더니 구슬이 사내아이로 변하여서 안방으로 걸어 들어가는데, 꿈이 예사롭지 않아 아내에게 이야기했더니, 아내 또한 그 꿈을 꾸었다고 하는 거야. 부부가 똑같은 꿈을 꾸어 신기하게만 생각했는데 그 뒤로 태기가 있으니 당연히 하늘의 뜻이라고 생각했지."

벌써 10개월 전에 있었던 일이다. 그의 말을 듣고 있던 친구는 연신 감탄사를 내뱉으며 함께 즐거워했다. 그들의 이야기가 무르익던 그때, 밖에서 누군가가 외치는 소리가 들려왔다.

"아이고, 어르신! 마님께서 산기가 있으십니다!"

이득춘은 갑작스러운 상황에 어쩔 줄을 몰라 하며 친구를 방에 남겨둔 채 아내의 방으로 향했다. 방에서는 아내의 신음이 들려왔고, 안절부절못하는 이득춘을 향해 누군가가 다급한 이 상황을 설명했다.

"마님께서 피곤을 느끼며 잠시 자리에 눕겠다고 하시더니 이렇게 산기가 이어졌습니다."

산통으로 고통을 받는 아내와 곧 태어나게 될 아이 생각으로 정신이 혼미하던 그때, 불현듯 하늘에서 음성이 들려왔다.

"소녀가 잠시 도련님을 봬도 되겠습니까?"

이득춘과 그곳에 있던 모든 이가 하늘을 올려 본 순간 말문이 막혀 말을 잇지 못했다. 하늘에 떠 있는 것은 학이요, 그 학을 타고 있는 것은 사람인지라 믿을 수 없는 광경에 넋이라도 나간 것만 같았다. 학을 타고 있던 소녀는 어느새 마당으로 내려와 강씨 부인의 방 앞으로 향했고 어느 누구도 그녀를 제지하지 못했다.

때마침 방 안에서 아이의 울음소리가 들리고 방 안이 시끄러워졌다. 아이가 태어난 것이다. 소녀는 이득춘을 향해 눈인사를 한 후, 방 안으로 들어가 아이를 받아 직접 목욕을 시켜주었다. 모든 일을 마치고 난 뒤에 소녀가 이득춘을 향해 말했다.

"아이의 짝이 될 사람이 금강산에 있으니, 아이가 자라면 반드시 금강산에 있는 처녀와 결혼을 시키셔야 합니다. 꼭 그리 하십시오."

소녀는 그 말을 마지막으로 남긴 채 학을 타고 하늘을 날았으니, 이득춘은 소녀를 하늘의 사람이라 여겨 그 말을 기억할 수밖에 없었다. 때는 갑진년(1604년) 4월 17일 오전 8시였다.

계화는 박 선비의 심부름을 모두 마치고 다시 비취정으로 향했다. 박 선비가 그녀를 기다리고 있었다.

"시킨 일은 모두 마치었느냐?"

"예."

"수고가 많았다. 여행을 다녀왔으니 좀 쉬어라."

"예, 아씨만 뵙고 좀 쉬겠습니다."

박 선비는 초가집의 작은 방으로 시선을 옮겼다. 그곳에는 자신의 딸이 잠들어 있었다. 박 선비의 아내인 최씨 부인은 친정에 일이 생겨 잠시 비취정을 떠나 있었다. 부인의 부재 중에도 계화는 그들의 딸을 마치 친동생이라도 되는 것처럼 잘 보살펴주었다. 비록 저주를 받아 흉측한 외모를 가진 딸이었지만, 박 선비에게는 둘도 없는 자식이었다. 그 귀한 딸을 외모와 상관없이 잘 보살피는 계화의 마음씨가 곱게만 느껴졌다.

"그래, 딸의 곁에 네가 있으니 참으로 든든하구나."

박 선비의 칭찬을 들은 계화는 머리를 숙여 인사한 후, 아무 말 없이 방으로 들어갔다.

이득춘은 기쁨을 감추지 못했다. 그렇게 기다리고 기다리던 아이가 세상에 나온 것이다. 더구나 하늘의 사람이 나타나 아이를 직접 목욕까지 시켜주었으니 이보다 더 큰 경사가 없다고 생각했다. 이득춘은 아들의 이름을 '시백'이라 하고, 후에 관례를 치를 때를 위해 '명선'이라 자를 붙여주었다. 시백은 보는 사람마다 놀랄 만큼 총명하여 3살이 되었을 때는 벌써 책 읽기를 좋아했다. 그 이듬해 3월에 강씨 부인에게 또 태기가 있어 딸을 낳았으니 이름을 시화라 지었다. 세월이 흐르고 흘러 시백의 나이는 16세, 시화는 13세가 되었다.

이 때에 나라의 임금인 인조는 평소 이득춘의 충성심을 높게 평가하고 있었다. 그는 이득춘을 강원 감사에 임명했고 이득춘은 아내와 딸을 서울에 남겨둔 채, 아들 시백과 함께 근무지로 떠났다. 강원 감영으로 간 이득춘은 인조의 기대에

부응하여 백성을 잘 다스렸으며, 시백 또한 글공부를 열심히 하였다.

이득춘이 나랏일과 자식을 키우는 일에 정성을 다하는 동안 박 선비 또한 딸에게 도술과 공부를 가르치는 일에 전념을 다했다. 그 옆에는 항상 계화가 있었다. 계화가 보기에도 아가씨의 외모는 너무나 흉측했으나 그녀의 마음씨가 착하고 지혜롭기까지 해서 박 선비만큼이나 아가씨를 아끼고 사랑했다.

어느 날, 이득춘이 강원 감사로 부임했다는 소문을 들은 박 선비는 하늘의 때가 이르렀음을 직감하고 즉시 감영으로 가서 만남을 청했다.

"감사님께 손님이 왔다고 전해주시오."

이득춘이 나와 그의 행색을 보니, 소박한 옷차림과 달리 범상치 않은 기운이 느껴지는 고로 마당까지 내려가 그를 맞이했다. 이에 자리를 잡고 앉아 서로 절을 한 후에 이야기를 시작했다.

"안녕하십니까, 제 성은 '박'이요, 이름은 현옥입니다. 뭇사람들은 제가 금강산 상상봉 유점사 근처에 비취정을 짓고 세월을 보내는 고로 유점 대사, 혹은 유점 처사라고 부르기도

합니다. 이렇게 천한 몸을 이끌고 감사 어르신을 찾아뵙게 된 것은 긴히 드릴 말씀이 있어서입니다."

이득춘은 그의 방문이 궁금했던 터라 이야기를 재촉했고, 그의 재촉에 박 선비는 잠시 숨을 돌린 후 입을 열었다.

"제게는 나이가 찬 딸이 하나 있습니다. 얼굴이 너무나 못생기고 외모가 흉측한 딸이지요. 그런데 하늘의 뜻을 헤아려보니, 아드님이 제 딸과 천생배필이기에 감히 청혼하러 왔습니다."

이득춘은 시백이 태어나기 전, 하늘에서 온 소녀가 했던 말을 기억해냈다. 그때의 소녀는 시백이 결혼할 때가 되면 반드시 금강산에 있는 처녀와 결혼을 해야 한다고 말했다. 하늘의 뜻이 그러하기도 하고, 선비의 거동이나 말하는 품이 예사 사람이 아님을 알고 이득춘은 그의 청을 기꺼이 받아들이기로 했다. 이득춘은 즉시 아들 시백을 불러 박 선비에게 인사를 시켰다. 박 선비가 시백을 살펴보니 영웅의 기상이 엿보여 칭찬을 아끼지 않았다. 그들은 이듬해 8월 24일에 혼례식을 올리기로 약속하고 헤어졌다.

또다시 세월이 흘러 이듬해 봄철이 되자, 이득춘은 더욱 벼슬이 높아져 이조판서 겸 세자 빈객에 이르게 되어 다시 서울로 올라오게 되었다. 이윽고 박 선비와 언약한 날이 다가오자 이득춘은 아들 시백을 데리고 며느리를 맞이하기 위해 길을 떠났다. 그들이 금강산 유점사 근처에서 박 선비를 찾아다녔지만, 사람들은 박 선비가 누구인지도 알지 못하고 비취정의 위치조차 아는 이가 없었다. 내일이 곧 8월 20일이라 시백의 아버지인 이득춘은 애가 탈 수밖에 없었다.

"허, 범상치 않아 보이던 선비의 딸과 시백의 연은 이렇게 끝나는 것인가?"

그들이 걱정하며 산속을 헤매던 그때, 갑자기 하늘에서 학의 소리가 들려왔다. 그리고 하늘을 확인하던 그들 앞에 어느새 박 선비가 나타나 서 있었다. 박 선비는 반갑게 인사했다.

"귀하신 분이 이렇게 누추한 곳을 찾아 힘들게 헤매시었으니 얼마나 수고가 많으셨습니까? 모든 것은 다 저의 잘못입니다. 어서 저희집으로 가시지요."

이득춘과 시백은 박 선비의 뒤를 따랐다. 가파른 절벽과 수풀이 우거진 길이어서 발조차 붙이기가 어려웠다. 그러나 박 선비는 마치 평평한 길을 가듯 발걸음이 유연했다. 그 모습을 살펴보건대 평범한 사람이 아닌 것은 확실했다. 그러다가 어느 곳에 이르니 소나무 숲과 온갖 아름다운 꽃들로 만

발한 곳에 자그마한 집이 한 채 나타났다. 그들은 박 선비를 따라 뜰로 들어섰다. 서당에 이르자 뜰에는 백학이 짝지어 돌아다니고, 아름다운 꾀꼬리 소리가 사방에서 들려왔다. 마치 신선이 사는 곳처럼 보였다.

"계화야! 안에 있느냐?"

박 선비가 안채를 향해 소리치자 곧 한 소녀가 나타났는데, 그 소녀가 심히 아름다워 박 선비의 딸이 아닐까 의심됐다.

"이 아이는 제 아내의 몸종입니다. 계화야, 손님을 사랑방으로 모시어라."

몸종의 출중한 외모에 탄복하던 이득춘은 문득 오래전 학을 타고 다니던 하늘의 소녀와 그녀의 모습이 무척이나 닮았다는 생각을 했다.

"안으로 드시지요."

계화는 부자를 인도하여 사랑방으로 모셨다. 사랑방에는 수많은 서적으로 채워져 있어 그 서적에서 풍기는 냄새가 방 안에 가득했고, 한쪽 벽에는 칠현금이 세워져 있었다.

이튿날 8월 24일, 드디어 혼례식 날이 되자 박 선비가 밝게 웃으며 말했다.

"날이 밝았으니 혼례를 준비하십시오."

그의 말을 들은 이득춘은 매우 기뻐하며 시백에게 예복을 입혔다. 그리고 박 선비가 준비한 순서에 따라 예식을 진행했다. 예식 중에는 신부의 얼굴을 관찰하기가 어려웠으니, 시백이 신부의 얼굴을 궁금해 한 것은 당연한 일이다. 그러나 시백은 신부의 얼굴을 끝내 확인하지 못했다.

　예식이 끝날 무렵, 이득춘은 박 선비를 향해 말했다.

　"선생과 같이 대단한 분이 미숙한 제 자식에게 따님을 내주시니 너무나 감사합니다."

　이득춘의 말을 들은 박 선비 또한 부끄러워하며 말했다.

　"못생긴 제 딸이 저리도 훌륭한 아드님을 신랑으로 맞게 되었으니, 오히려 제가 감사하지요. 부디 상공께서는 딸의 부족한 외모를 용서하시고, 잘 보살펴주시길 간절히 부탁드립니다."

　"허허허, 말씀이 너무나 겸손하십니다. 여성의 외모가 아름답지 못할지라도 마음씨만 고우면 되지요. 그런 것은 조금도 걱정하지 마십시오."

　두 사람은 서로에게 믿음을 보이고 술을 마시며 즐거움을 누렸다. 그들의 모습을 지켜보는 계화 또한 기쁘고 즐거웠다.

　날이 저물자, 시백은 식사를 마치고 신방으로 들어갔다. 방 안에는 사랑방과 마찬가지로 온갖 서적들이 가득했는데, 그 내용이 모두 전략이나 무술에 관한 것으로 전쟁에 관한 것들이었다. 그것을 이상하게 여긴 시백은 마음이 불편했다.

잠시 후, 드디어 기다리던 신부가 모습을 드러냈다. 시백은 기다렸다는 듯이 신부의 모습을 확인했다. 그리고 곧 정신을 잃을 것만 같은 충격에 사로잡히고 말았다. 신부의 모습이 너무나도 흉측했기 때문이다.

신부의 키와 몸은 자신보다 컸다. 뭉툭한 코에 이마는 툭 튀어나왔으며 커다랗고 둥그런 눈망울이 어우러져 괴상한 모습을 더했다. 얼굴빛은 먹칠한 것처럼 검고, 귀는 짐승같이 컸는데 두 어깨에 하나씩 솟아난 커다란 혹이 가슴까지 내려왔다. 그야말로 소름 끼치는 모습이 아닐 수 없었다. 신부의 몸에서 역겨운 냄새까지 풍기니 시백은 더 이상 참지 못하고 방을 뛰쳐나갔다.

이에 밖에 있던 사람들이 모두 놀라니, 이득춘은 신방에서 뛰쳐나오는 시백을 보고 야단을 치며 물었다.

"너는 무슨 까닭으로 이렇게 놀라 신방에서 뛰쳐나왔느냐? 이 아비의 얼굴에 먹칠이라도 하려는 것이냐?"

시백은 아버지의 꾸지람에도 아랑곳하지 않고 가슴을 쓸어

내리며 변명했다.

"아버지, 신부의 얼굴을 확인하였는데, 마치 괴물이나 다름 없는 모습이었습니다. 게다가 역겹고 더러운 냄새까지 풍겨서 도저히 견딜 수가 없는데 어떻게 방 안에 있겠습니까?"

시백의 말을 듣고 있던 이득춘이 당황한 것은 물론이오, 신부의 몸종인 계화는 들고 있던 그릇을 땅에 떨어뜨리며 놀람을 금치 못했다. 신랑이 신부의 모습을 보게 되면 놀라게 될 것은 예상했으나 신랑의 언행은 심히 경망스러웠다.

"저의 행실이 아무리 부도덕하고 부모님께 불효가 된다고 하더라도 저는 그런 여자와 같이 살 수 없습니다. 날이 밝는 대로 곧 상경하도록 허락해주십시오."

계화는 끓어오르는 분노를 참을 수 없었다. 두 주먹을 불끈 쥐고 살의가 가득한 눈빛으로 시백을 바라봤다. 아가씨를 흉보는 저 사내를 당장이라도 쳐 죽이고 싶었다. 계화가 주먹을 쥐니 손톱이 살을 찔러 피가 흘러내렸다. 그 순간 계화의 살기를 느낀 박 선비가 그녀의 눈앞에 나타났다.

"계화야."

계화는 박 선비의 음성에 살의를 거두고 고개를 숙였다.

"잔칫상에 술이 떨어졌으니 네가 가져와야겠구나."

계화는 고개를 들어 박 선비의 눈을 바라봤다. 그리고 이내 아무런 말도 할 수 없었다. 박 선비의 마음이 느껴졌기 때문이다. 아비 된 자로서 딸자식의 흉을 듣는 것이 쉬운 일은 아닐 터. 그런 중에도 마음에 평안을 유지하며 분노를 참고 있는 박 선비의 기운이 전해졌다. 한낱 종의 신세인 자신이 나설 수 없음을 깨닫고 만 것이다.

박 선비와 계화 사이에 어색한 기류가 흐르는 동안에도 이득춘은 눈을 크게 부릅뜨고 시백을 야단쳤다.

"네 녀석의 말버릇이 심히 고약하구나. 모름지기 여자란 외모보다 마음이 고와야 하는 것을 네가 정녕 모르고 말하는 것이냐! 냉큼 신방으로 들어가지 못할까?"

"아버지, 그래도… 저는 그녀와 함께 살 수 없습니다."

"이놈이, 그래도 정신을 못 차리는구나! 만약에 또다시 말썽을 부린다면 너와 나의 인연은 여기까지인 줄로 알아야 할 것이야!"

아버지가 이토록 화내는 것을 본 적이 없던 시백은 더 이상 아버지의 말을 거역하지 못하고 울상이 되었다. 그렇게 신방으로 들어온 시백은 신부와 돌아누운 채 밤을 꼬박 새웠고, 그렇게 3일을 간신히 보내고 나서야 드디어 신부를 가마에

태우고 상경하게 되었다. 아가씨의 몸종인 계화가 그녀와 함
께 떠난 것은 물론이다.

2. 며느리의 재주

　며칠이 걸려 서울에 도착한 이득춘은 잔치를 베풀며 아들이 결혼한 것을 마을에 알렸다.

　결혼식이 끝나갈 무렵, 이득춘의 부인 강씨가 며느리를 살펴보니 세상에 둘도 없는 박색이라 얼굴을 찌푸리고 성이 나서 남편에게 말했다.

　"영감, 어떻게 저리도 못생긴 인물을 며느리로 삼으셨습니까? 못생긴 정도가 아닙니다. 괴물이나 다름없습니다."

　부인의 말에 이득춘이 그녀를 나무랐다.

　"며느리를 위로하지는 못할망정 무슨 소리를 하는 것이오? 비록 외모는 못났어도 재주가 뛰어나고 도술에 능하며, 여자로서의 정숙한 덕을 고루 갖춘 사람이라서 장차 우리 집안을 크게 빛낼 인물이 분명하오."

부인 강 씨는 남편의 단호한 말을 듣고 나서야 어쩔 수 없는 현실이 닥쳤음을 직감했다. 그런데 며느리 옆에 아리따운 몸종이 있어 위아래를 훑어보니 그 모습이 너무나 아름다워 탄식이 절로 나왔다.

'며느리보다 몸종이 더 아름다우니, 몸종이 며느리보다 낫구나.'

날이 저물자 손님들은 흩어져 각자의 집으로 돌아갔다. 손님들의 입에서는 천하의 박색인 박 씨와 절세미녀이지만 그녀의 몸종인 계화의 이야기가 끊이지 않았는데, 강 씨 부인은 그들의 대화가 들릴 때마다 한숨이 쏟아냈다. 이후 시백은 아버지의 눈치를 살피며 박 씨의 방에 들어갔으나 옷을 입은 채로 누워 있다가 날이 밝으면 나가 버렸고, 박 씨에게는 단 한마디의 말조차 건네지 않았다. 시백의 차가운 행동으로 인해 마음에 상처를 받은 박 씨는 항상 수건으로 얼굴을 가리고 있었다. 그러던 어느 날 박 씨가 이득춘에게 말했다.

"흉측한 외모를 가진 제가 며느리로 들어와 시부모님을 모시게 되었으니 참으로 심려를 끼쳐 드려 죄송합니다. 그럼에도 불고하고 아버님께 청이 있어 이렇게 말씀드리려 합니다."

"말을 하려무나."

"제가 본래 조용한 곳을 좋아하고 혼자 있는 것을 좋아하니 뒤껼에 조그맣고 아담한 초당을 하나 짓고 살 수 있도록 허락해주십시오."

평소 시백의 행실을 알고 있던 터라 며느리가 딱했던 이득춘은 박 씨의 청을 허락하고 즉시 사람을 시켜 뒤뜰에다가 초당을 지어주었는데, 그 주변에는 갖가지 아름다운 꽃들도 심어 며느리의 마음을 위로하려 노력했다. 박 씨가 시아버님의 배려에 깊은 감동 받은 것은 물론이다. 그녀는 곧 계화를 데리고 초당으로 옮겨갔다.

박 씨는 시아버지가 지어준 초당이 너무나 맘에 들었다. 그러나 초당에 허전한 부분이 있는 것을 깨닫고 계화를 불렀다.

"계화야, 지금 가서 시아버님께 종이 한 장을 얻어 오라."

"네."

이유는 묻지 않았다. 박씨가 원한다면 그 이유가 있을 터. 계화는 곧장 시아버님에게로 가 박 씨의 말을 전했다.

"종이 한 장을 내어달라고? 며늘아기가 그랬단 말이냐? 이유가 무엇이냐?"

"이유는 말하지 않았습니다."

계화의 말을 들은 이득춘은 며느리의 말을 기이하게 여기면서도 눈치가 있기에 문방사우를 챙겨 들고 직접 초당으로 향했다. 박 씨는 이득춘이 계화와 함께 오는 것을 보고 급히 뜰로 내려와 시아버지를 맞았다. 그리고 종이 한 장이 필요한 이유를 묻는 시아버지를 향해 대답했다.

"아름다운 초당에 이름이 없어서 별호를 써 붙이려 합니다."

며느리가 글을 쓴다고 하니 이득춘이 놀라며 말했다.

"오호, 그래? 과연 내 며느리로구나. 아가야, 네 글솜씨를 보고 싶으니 어디 내 앞에서 한번 써 보겠느냐?"

박 씨가 벼루에 먹을 갈아 흰 종이에 써 내려가자, 이 공이 살펴보니 필체가 놀랄 만큼 아름답고 훌륭했다. 종이에는 '피화정避禍亭'이라고 쓰어 있었는데 '화를 피하는 정자'라는 뜻이었다.

"우리 며늘아기의 글솜씨가 참으로 뛰어나구나!"

이득춘이 박 씨의 글씨에 탄복하던 그때, 박 씨가 종이를 들어 살펴보고 위아래로 한번 뒤적였더니, 종이는 순식간에 금으로 쓴 현판으로 바뀌었다. 도술이었다. 박 씨의 도술을 눈으로 확인한 이득춘은 또 한 번 놀랄 수밖에 없었다.

"아니, 이게 어찌 된 일이냐! 너는 참으로 훌륭한 재주를 가졌구나. 시백이 어리석어 이렇게 훌륭한 아내를 소홀하게 대하니 어찌 한스럽지 않겠느냐?"

이득춘은 애틋한 시선으로 며느리를 바라봤고, 그들의 대화를 듣고 있던 계화는 몸을 돌려 자신의 방으로 향했다.

며칠 후, 박 씨는 또 시아버지께 말했다.

"내일 새벽에 종을 시켜 객줏집으로 가서 묶어 놓은 말 중에 비루먹은 말의 값을 물어보라고 하십시오. 분명히 일곱 냥이라고 할 것입니다. 그러면 그 말을 들은 체도 하지 말고 3백 냥으로 값을 치른 후에 말을 사라 이르십시오."

박 씨의 이야기를 듣고 있던 이득춘은 의아해하며 물었다.

"아니, 불현듯 말은 왜 사야 하며, 일곱 냥이면 될 말을 무슨 이유로 3백 냥이나 되는 많은 돈을 주고 사라는 것이냐?"

시아버지의 질문에 박 씨는 공손하게 대답했다.

"후일에 보시면 자연히 아시게 될 일입니다."

궁금한 것을 참기 힘든 이득춘이었지만, 박 씨는 이 말만 할 뿐 그 이유에 대해서는 전혀 알려주지 않았다. 허나 며느리의 재주를 알고 있는 터라 며느리가 시키는 대로 종을 불러 말을 사 오도록 시켰다.

종은 이득춘의 말을 이상하게 여기면서도 분부를 받들기

위해 객줏집으로 향했다. 그곳에 도착하니 이득춘이 말한 대로 수십 마리의 말이 있었다. 종은 그중에서 가장 못나고 비루먹은 말을 가리키며 거간꾼에게 값을 물었는데, 거간꾼은 말의 주인과 구매자 사이에서 흥정을 유도해 중계료를 받는 사람이었다. 종의 예상대로 가격은 일곱 냥이었다. 종은 돈 3백 냥을 꺼낸 뒤에 거간꾼에게 말했다.

"나도 이 말이 일곱 냥인 것을 알고 있으나, 우리 대감마님께서 분부하시길 3백 냥을 주고 말을 사라 하셨으니 3백 냥으로 값을 치르겠소. 그 말을 제게 넘기시오."

그러자 말 거간꾼은 그 종이 자신을 놀린다고 생각하며 그냥 일곱 냥만 내고 사라고 했다. 하지만 종은 계속해서 3백 냥을 주겠다고 고집을 부렸고, 그의 고집을 이기지 못한 거간꾼은 결국 잔꾀를 내어 종에게 말했다.

"허참, 그러면 이렇게 합시다. 말 주인에게는 말 값으로 일곱 냥을 주고, 나머지 돈은 우리 두 사람이 나누어 가지는 거요. 그리고 당신은 대감마님께 돌아가서 3백 냥을 다 준 것처럼 이야기하면 되지 않겠소? 어떻소?"

거간꾼의 말에 설득당한 종은 그의 말대로 돈을 나누어 가지고 말을 끌고 돌아왔다. 그곳에는 이득춘과 박 씨 부인이

기다리고 있었다. 박 씨는 종과 말을 살핀 후에 이득춘에게 말했다.

"아버님, 저 말을 도로 갖다 주라고 하십시오."

이득춘이 어이가 없다는 듯, 박 씨에게 물었다.

"네가 3백 냥이나 주고 이 말을 사라 하지 않았더냐? 그런데 도로 갖다 주라니?"

박 씨는 종을 바라보며 단호하게 말했다.

"아버님께서는 분명히 말의 값으로 3백 냥을 치르라고 일렀으나, 이 자는 아버님의 말씀을 어기고 말 주인에게 일곱 냥밖에 주지 않았습니다."

박 씨의 말을 듣고 있던 종은 재빨리 무릎을 꿇고 땅에 엎드린 채 잘못을 빌었지만, 이득춘에게 혼나는 것을 피할 수는 없었다. 크게 혼이 난 종은 거간꾼에게서 돈을 되찾아 말 주인에게 사연을 말한 후, 3백 냥까지 주고 나서야 다시 돌아왔다.

박 씨는 이렇게 사온 말에 매일 깨 한 되와 쌀 반 되로 죽을 쑤어서 먹이고 초당 뜰에 놓아 길렀다. 그러기를 3년, 말은 사 올 때와는 전혀 다른 모습으로 기름지고 살이 올랐다. 박 씨는 또다시 이 공을 찾아가 말했다.

"내일 명나라 황제의 소식을 전하기 위해 사신이 오는데, 남대문으로 들어올 것입니다. 이번에는 반드시 믿을 만한 종을 시키시어 저 말을 몰고 남대문 옆에 세워 두라고 하십시오. 그러면 명나라 사신이 말에 관심을 보이며 값을 물을 텐데, 그때는 말 값을 3만8천 냥이라고 하십시오. 명나라 사신은 틀림없이 그 값을 전부 치르고 사 갈 것입니다."

이득춘은 그녀의 말에 눈이 휘둥그레졌지만 믿고 있던 며느리기에 시키는 대로 하인을 하나 찾아서 분부를 내렸다.

이튿날 이득춘의 하인이 말을 끌고 나가 남대문 옆에 서 있었다. 그랬더니 정말로 명나라 사신이 들어오는 것이 아닌가? 사신은 남대문을 무심코 통과하다가 하인이 메어놓은 말을 보고 걸음을 멈추었다. 그리고 이리저리 말을 살펴보더니 값을 물어봤다. 하인은 박 씨 부인이 말했던 대로 값을 말했고, 사신은 3만8천 냥이나 되는 거금을 조금의 망설임도 없이 선뜻 내고 말을 사갔다. 그 돈을 받아 이득춘에게 돌아왔더니 이득춘은 종을 칭찬하고 하인에게 들었던 일을 박 씨에게 말했다. 물론 박 씨의 말대로 모든 것이 이루어졌으나 그래도 궁금한 것이 있었던 이득춘은 며느리에게 물었다.

"어찌하여 그 말의 값이 이리도 비싼 것이냐?"

이득춘의 질문에 박 씨가 대답했다. "사실 그 말은 보통 말이 아닙니다. 그 말은 하루에도 삼천리를 달릴 수 있는 훌륭한 말인데, 조선에서는 알아보는 사람이 없지요. 명나라 사신은 그 말이 좋은 말이라는 것을 단번에 알아봤을 것입니다."

이득춘은 며느리의 재주에 탄복하지 않을 수 없었다. 박 씨는 3년 앞을 내다보고 비루먹은 말을 길러 온 것이다. 이득춘은 그녀의 재능을 신기해하고 즐거워했다.

나라가 평온하던 시기에 조선은 과거를 통하여 인재를 등용했다. 박 씨의 남편인 이시백 또한 나라에서 일하는 것을 희망했기에 과거를 준비해왔다. 그러던 어느 날 계화가 박 씨의 곁으로 다가와 섰다. 박 씨는 계화가 할 말이 있는 것을 알고 물었다.

"무슨 일이냐?"

"박 처사께서 저를 부르십니다."

박 씨는 의외라는 표정을 지었다. 아무리 도술을 이용한다고 하더라도 먼 곳에 있는 사람과 이야기를 나누는 것 자체는 어렵다. 필시 계화를 부르고 싶은 아버지의 마음만 전해졌을 터다.

"아버지께서 너를?"

계화를 통해 박 씨에게 전할 말이라도 있는 것일까? 도술이 가능한 계화가 아버지께 다녀오는 것은 어려운 일이 아니다. 박 씨는 별다른 걱정 없이 아버지께 다녀오는 것을 허락했다. 곧이어 흰색의 학 한 마리가 하늘을 날아 초당 안으로 내려오자, 계화는 박 씨에게 예를 갖춘 후에 학에 올라 금강산의 비취봉으로 향했다. 계화는 저녁이 되어서야 비취봉에 도달할 수 있었다. 계화를 태운 학이 가파른 절벽을 아슬아슬하게 피해가며 하늘을 날았다. 그리고 거의 다 쓰러져가는 초가집 마당 위에 그녀를 살포시 내려놓았다. 계화는 작은 마당을 지나 안채 앞으로 다가가 두 손을 모은 채 머리를 조아렸다.

"어르신, 계화입니다."

분명 그녀의 목소리가 방의 안쪽까지 들렸을 터인데, 방에서는 어떠한 인기척도 전해지지 않았다. 계화는 잠시 눈을 감은 후에 도술을 이용해 박 처사의 기운을 찾기 시작했다. 그리고 곧 그의 기운을 찾을 수 있었다. 이곳에서 조금은 멀리 떨어진 곳이다. 계화는 감고 있던 눈을 뜬 후에 절벽과 나뭇가지를 발판 삼아 하늘 높이 치솟았다. 하늘 높이 떠서 해가 저무는 광경을 비취봉 하늘에서 내려다보니 감회가 새로웠다. 어렸을 적, 박 처사를 따라온 그녀가 도술을 배우며 숱하게 바라보던 풍경이 지금과 같았다.

박 처사의 기운이 강하게 느껴졌다. 그것은 박 처사가 가까운 곳에 있는 것을 뜻했다. 그의 기운이 뚜렷해지는 곳으로 향하니, 사방이 내려다보이는 바위의 가장 높은 곳에 도달했다. 박 처사는 가부좌한 모습으로 경치를 바라보고 있었다. 계화가 인기척을 보이며 등 뒤로 다가와 무릎을 꿇었고 박 처사는 입을 열었다.

"왔느냐?"

"네, 방금 도착했습니다."

"그래, 딸아이는 잘 지내고 있느냐?"

오랜만에 만났지만 역시나 딸의 안부가 먼저다. 하인과 딸은 비교조차 할 수 없는 대상임을 계화도 잘 알고 있기에 섭섭한 마음은 감추었다. 도술에 능한 박 처사라고 해도 먼 곳에 사는 딸과 이야기를 나누는 것은 불가능하다. 그래서 계화를 이곳으로 불렀을 것이 아닌가? 딸에게 이야기를 전하기 위해서 말이다.

"아가씨는 잘 지내고 계십니다."

박 처사는 계화의 말이 거짓임을 알고 있었다. 흉측한 외모를 가진 딸이 남편에게 사랑받고 시댁에서 잘 지낼 리 없다. 단지 아비인 박 처사의 마음을 헤아리기 위해 거짓말을 했을 것이다. 그는 먼 곳을 응시하며 천천히 입술을 움직였다.

"문득 딸아이가 혼례를 치르던 날이 기억나는구나."

계화는 머리를 숙인 채 그의 말을 기다렸다.

"사위가 신방에 들어갔다가 딸아이의 외모를 보고 놀라 뛰쳐나오던 순간이 있었지."

계화는 그때의 상황을 떠올리며 부끄러움에 얼굴을 붉혔다. 당시에 분노가 치밀었던 자신의 모습이 떠올랐기 때문이다. 그 순간에 수치스러움을 느꼈을 아가씨를 생각하면 몇 번을 곱씹어도 화가 나지만, 몸종인 자신은 화를 드러내서는 안 되는 처지였다. 신분이 낮고 천한 몸종은 그들의 상황에 끼어들지 못하는 것이 당연지사가 아닌가. 그것이 현실이다. 하지만 그때의 계화는 분노를 참지 못했다. 그 모습을 박 처사가 보지 않았던가? 만약에 그가 말리지 않았더라면 무슨 일이 벌어졌을까? 생각만 해도 끔찍했다.

"왜 얼굴을 붉히느냐?"

박 처사는 뒷머리에 눈이라도 달린 것일까? 아니, 눈이 달렸다 하더라도 이 어둠 속에서 계화의 얼굴을 확인하는 것이 가능한 일일까? 그 의문에 앞서 박 처사의 질문에 대답해야만 했다.

"그때의 제 모습이 떠올라 부끄러워서 그렇습니다."

박 처사는 고개를 끄덕이며 말했다.

"내가 어찌 너의 마음을 모르겠느냐? 허나 우리는 짐승이 아닌 인간이므로, 마음을 다스릴 줄 알아야 하느니라."

역시 박 처사다. 그는 계화의 마음을 헤아리고 있었다.

"명심하겠습니다."

박 처사는 고개를 돌려 낮은 목소리로 말했다. 어쩌면 스스로에게 하는 말인지도 모른다.

"죽을 만한 죄를 짓는 것도 인간이기에 가능한 것일 터. 나 또한 너와 다르지 않으니 너를 나무랄 자격이 없구나."

어느새 떠오른 달이 박 처사의 얼굴을 비췄다.

"이 시대에 여성의 몸으로 태어난 것도, 여성의 몸으로 업적을 이루는 것도 하늘이 허락한 때에 가능한 것임을 기억하여라. 때가 이르면 네가 세상에서 활약할 순간이 올 것이다. 그러기 위해서는 분노를 잘 다스릴 줄 알아야만 실수가 없을 것이야. 평소에 기도하기를 쉬지 말아야 한다."

"알겠습니다. 어르신."

박 처사가 자리에서 일어나자, 계화도 그를 따라 일어났다. 그리고 예를 갖추기 위해 허리를 굽혔더니 그의 손에 무엇인가 들려있는 것이 눈에 보였다. 그녀가 궁금해하기도 전에 박 처사의 음성이 들려왔다. 박 씨에게도 전할 말이 있는 것 같았다.

"너는 이것을 가지고 가거라. 그리고 딸아이에게서 가장 가까운 연못가에 그것을 놓아두어라. 딸아이가 이것을 발견하기 전까지 이 사실을 알리지 말아야 할 것이야."

계화가 받아드니 그것은 연적, 벼루에 먹을 갈 때 쓸 물을 담아두는 그릇이었다.

"딸아이에게는 때가 되면 아비가 찾아갈 터이니, 시부모와 서방을 잘 모시고 지내라고 전하여라."

비취봉을 떠난 계화는 밤이 되자 박 씨가 머무는 초당에 도착했고, 박 처사의 분부대로 연못가에 연적을 놓아두었다. 그 후에 박 씨의 방에 들러 인사를 하려 했으나 불이 꺼져있는 것을 보고 자신의 침소로 향했다.

그날 새벽, 박 씨는 꿈을 꾸었다. 연못가를 거닐다가 백옥으로 된 연적을 발견하는 꿈이다. 잠에서 깬 후에도 연적의 형상이 머릿속에서 사라지지 않을 만큼, 너무나 생생하고 기이했다. 오전이 되자 박 씨는 계화를 불렀다. 꿈 때문에 뒤숭숭한 마음을 산책으로 달래기 위함이다. 그리고 아버님께 다녀온 일이 어찌 되었는지도 물어봐야만 했다. 계화 또한 간밤에 비취봉을 갔다 온 후로 인사를 하지 못했던 터라 박 씨의 부름에 서둘러 그녀에게로 향했다.

"아가씨, 부르셨습니까?"

생각에 잠겨 있던 박 씨가 정신을 차리고 계화를 반겼다.

"그래, 아버님께는 잘 다녀왔느냐?"

"네, 잘 다녀왔습니다."

"아버님께서는 뭐라고 하시더냐?"

계화는 박 처사가 일러준 대로 말하였다.

"때가 되면 찾아올 것이니, 시부모와 서방을 모시고 잘 지내라 하셨습니다."

박 씨의 눈빛에 반가움이 스쳐 지나갔다.

"때가 되면 찾아오겠다고 말씀하셨다고?"

"네, 그렇습니다."

아버님께서 그리 말씀하셨다면 멀지 않은 때에 찾아올 것이었다. 박 씨는 기분이 좋아진 듯 미소를 지으며 계화에게 말했다.

"머리가 복잡한 때에 좋은 소식을 알려주어 고맙구나. 온 김에 나와 함께 산책이나 하자."

계화는 박 씨를 따라 초당을 걷기 시작했다. 잠시 후 연못가에 이르렀는데 그곳은 간밤에 계화가 연적을 놓아둔 곳이었다. 계화의 예상대로 박 씨는 곧 연못가에 놓인 연적을 발견했다.

"이것은?"

박 씨는 놀라움을 금치 못했다. 그 연적은 꿈에서 본 것과 조금도 다름이 없었기 때문이다. 아니, 꿈에서 본 그것이 분명했다. 그제야 비로소 박 씨는 간밤에 꾸었던 꿈의 의미를 깨달을 수 있었다. 이 연적은 시백을 위한 것으로 그가 과거 시험에 합격할 수 있도록 하늘이 내려준 선물이었다. 박 씨는 백옥으로 된 연적을 두 손으로 든 채 계화에게 말했다.

"너는 곧 서방님께 가서 초당으로 잠시 들러달라고 여쭈어라."

"네."

계화는 박 씨가 즐거워하는 모습을 보고 함께 기뻐했다. 기쁜 마음을 품고 시백이 있는 곳으로 향했다. 박 씨의 마음이 담긴 연적을 시백이 받는다고 생각하니 기분도 좋고 발걸음도 가벼웠다. 시백은 필시 박 씨의 마음에 감동받을 것이 분명하다. 그때였다. 길목을 어슬렁거리던 돌쇠가 계화를 발견하고 재빨리 다가왔다.

"어디를 가는 거야?"

평소와 같았다면 상대조차 하지 않았을 터다. 허나 지금은 기분이 좋았기에 즐거운 마음으로 대답해주었다.

"아씨 심부름."

계화가 반응을 보이자 신이 난 돌쇠는 그녀의 뒤를 따라 걸었다.

"별당 마님 말이야? 심부름이 뭔데? 말해봐. 내가 도와줄게."

계화는 돌쇠가 귀찮아지기 시작했지만 애써 미소를 지으며 말했다.

"고마워. 하지만 네가 도울 수 있는 일이 아니야."

계화의 말은 거절의 의미를 담고 있었다. 그녀의 마음을 아는지 모르는지 돌쇠는 살짝 진지한 모습까지 보이며 대화를 이어갔다.

"응. 그런데 혹시, 너는 만나는 사내가 있어? 그, 그러니까 특별한 마음을 품는 사내 말이야. 물론 너처럼 예쁜 …."

"없어."

더 이상 돌쇠의 말을 듣고 있을 여유는 없었다. 이렇게 대화를 끊어서라도 박 씨의 심부름을 가야만 했다. 그러나 눈치가 없던 돌쇠는 사내가 없다는 그녀의 말에 더욱 신났다.

"그럼, 내가 너의 사내가 되어줄게."

계화는 걸음을 멈추었다. 순간 혼례복을 입고 있던 박 씨의 모습이 떠올랐다. 너무나 행복해 보였던 박 씨. 그녀의 행복도 이와 같은 느낌으로 시작되었을까? 깊은 산 속에서 도술만 배우던 계화에게는 새로운 충격이 아닐 수 없었다. 사내에게 고백을 받다니. 순박한 사내의 고백은 계화의 마음을 흔들어 놓을 만했다. 분위기는 어색해지고 시간은 흘러갔다. 이내 정신을 차린 계화는 살짝 미소를 보이며 입술을 움직였다.

"고마워."

돌쇠는 심장이 멎는 것만 같았다. 그녀가 미소를 지었다. 그리고 고맙다고 말했다. 무슨 의미일까? 필시 거절의 의미는 아닐 것이다. 자리를 떠나는 계화의 뒷모습이 마치 꿈에서나 보는 장면과 같았다. 좋다! 그것만으로도 좋다. 돌쇠의 입가에 미소가 번졌다.

그렇게 자리를 떠난 계화는 곧 시백을 만날 수 있었다. 시백을 만나는 것이 그리 어렵지는 않았다. 그러나 박 씨 부인의 말을 전해 들은 시백의 반응은 차가웠다.

"과거를 준비하느라 바쁘다고 전해라."

계화는 박 씨가 전하고자 하는 선물이 있다는 말을 하려다 말고, 고개를 숙인 채 물러났다. 시백이 딱딱한 태도를 보이는 상황에서 선물 이야기를 꺼내는 것은 의미가 없을 것만 같았다. 계화는 이쯤에서 물러나는 것이 좋다고 생각했다. 박 씨에게는 미안하지만 계화의 기분은 그리 나쁘지 않다. 오늘은 사내에게 고백을 받은 날이지 않은가? 계화에게는 특별한 하루다. 시백으로 인해 즐거운 기분을 망치고 싶지는 않았다.

시백의 말을 전하자 박 씨의 얼굴에는 안타까움이 묻어나왔다. 너무나 슬퍼 보였다. 시백은 왜 그녀의 마음을 몰라주는 것일까? 즐거운 기분으로 있던 계화도 박 씨의 기분을 헤아리게 되면서 서서히 화가 나기 시작했다. 시백을 향한 분노다. 계화의 머릿속에 자신을 차갑게 대하던 시백의 얼굴이 떠오르자 주먹을 꽉 쥐었다. 저 멀리 장작에 박혀있던 도끼가 계화의 기운을 느끼며 몸을 떨었다. 계화의 분노에 도끼가 반응한 것이다. 도끼날이 장작에서 뽑히던 찰나, 박 씨의 음성이 들려왔다.

"미안하지만 …."

'터덕!'

도끼가 힘을 잃고 바닥을 뒹굴었다.

"나를 위해 한 번만 더 서방님에게 다녀올 수 있겠느냐?"

평소와 같았다면 계화의 기운을 느끼지 못할 박 씨가 아니다. 그러나 계화의 기운을 느끼기에는 낙심이 너무나 깊었다.

"물론입니다. 아씨."

계화는 분노를 삭이며 입술을 깨물었다. 오늘은 특별한 날이다. 사내에게 고백을 받은 만큼 즐거워도 된다고 생각했다. 그런데 그것이 허락되지 않는다. 신분의 차이 때문일까? 천박한 몸종이기에 잠시도 즐거울 수 없는 걸까? 아니다. 박 씨는 변함없이 계화를 친동생처럼 대해줬다. 그렇다면 무엇이 문제일까? 누구 때문일까? 대답은 뻔하다.

'시백!'

시백으로 인해 박 씨가 상처를 받는다. 시백으로 인해 그녀가 힘들어한다. 박 씨가 시백을 만난 이후로 박 씨의 인생이 망가지기 시작했으며, 그로 인해 계화의 작은 즐거움마저 허락되지 않는다. 모든 문제의 원인은 바로 시백에게 있다고 생각했다.

다시 시백을 만나러 가는 계화의 얼굴은 굳어 있었다. 시백을 만나는 일이 달갑지 않았다. 그때 누군가가 말을 걸어왔다.

"나야, 돌쇠. 계화 네 얼굴이라도 볼 수 있을까 해서 기다렸어."

계화에게로 다가간 돌쇠는 순간 멈칫했다. 그녀에게서 소름 끼치는 기운이 느껴졌기 때문이다. 차가운 표정의 계화. 그녀의 눈은 마치 무언가에 홀린 것 마냥 먼 곳을 응시하고 있었다.

"그…"

돌쇠는 더 이상 입을 열 수 없었다. 그리고 걸을 수도 없었다. 얼어붙은 입술과 심하게 떨리는 다리 때문이었다. 계화는 돌쇠에게 아무런 도술도 사용하지 않았다.

계화가 다시 찾아오자, 시백의 얼굴에는 귀찮은 기색이 역력했다.

"왜 또 찾아왔느냐?"

"아씨께서 보내셨습니다. 과거를 치르기 전에 드릴 것이 있으니 초당에 잠시만 들려달라고 하십니다."

"뭣이? 내가 바쁘다고 하지 않았더냐? 과거를 준비하는 장부에게 무슨 할 말이 있다고 이리도 심란하게 하느냔 말이다!"

순간, 시백은 계화의 낯빛이 좋지 않은 것을 보고, 그녀의 턱을 잡고 끌어 올렸다.

"얼굴을 들어라. 네년의 얼굴을 봐야겠다."

계화의 얼굴이 서서히 드러나자 그녀의 매서운 눈빛이 시백을 향했다. 그러나 시백의 기백 또한 만만치 않았다. 시백은 팔을 들어 계화의 뺨을 후려쳤다.

'짝!'

그 충격은 이성을 잃기에 충분했지만 힘껏 참아내며 떨리는 손으로 아픈 뺨을 감쌌다. 그 손으로 살짝만 휘두른다면 시백의 머리는 집 밖으로 날아갈 것이 분명하다. 아니, 시백의 머리가 집 밖으로 날아가는 상상을 했다. 그래도 분이 풀리지 않았다. 서서히 몸에 열이 오르고 눈동자까지 초점을 잃게 되면서 도술을 시전 하려는 그때, 그녀의 뇌리에 박 처사의 음성이 들려왔다.

'내가 어찌 너의 마음을 모르겠느냐? 허나 우리는 짐승이 아닌 인간이므로, 마음을 다스릴 줄 알아야 하느니라.'

바로 어제, 박 처사가 자신에게 당부했던 말이다. 박 처사의 근엄한 목소리뿐 아니라, 그의 얼굴 또한 눈에 보이는 듯 선했다. 계화는 도술을 부리려던 오른손을 왼손으로 붙잡았다. 이 손을 놓는 순간, 돌이킬 수 없는 상황을 만들 것만 같았기에 두 손을 꼭 쥐었다.

"네년이 다시는 찾아오지 못하도록 벌을 내려야겠다. 종아리를 걷어라!"

화가 극에 이른 시백은 급기야 계화의 종아리를 걷어 매를 때렸는데, 그 수가 무려 서른 대에 이르렀다. 시백이 서른 대를 때리는 동안 회초리는 7번이나 부러졌다. 시백은 초당으로 향하는 계화의 뒷모습을 향해 혀를 내둘렀다.

"독한 년, 서른 대를 맞는 동안 신음 한 번 내뱉지 않다니."

계화는 초당으로 들어서는 순간에도 아픔을 느끼지 않았다. 그녀가 아픔을 느끼기 시작한 것은 박 씨를 만났을 때였다. 박 씨의 얼굴을 보는 순간, 종아리의 통증이 밀려오며 참았던 눈물이 한꺼번에 터지고 말았다. 계화의 모습을 본 박 씨가 당황한 것은 물론이다.

"계화야, 무슨 일이냐? 왜 그러는 것이냐?"

자초지종을 들은 박 씨는 마음이 찢어지는 듯했다. 그저 말을 전하러 간 것뿐인 계화가 당했을 수치와 고통을 생각하니 미안한 마음에 어쩔 줄 몰라 했다. 미안한 마음은 이내 시백을 향한 원망으로 바뀌었고, 박 씨의 눈빛 또한 달라졌다. 박 씨는 백옥 연적을 손에 들고 자리에서 일어났다. 직접 전해줄 참이다.

계화는 박 씨가 초당을 뛰쳐나가는 것을 보고 깜짝 놀라 몸을 추스르며 따라나섰다. 밖으로 나서니 돌쇠가 보였지만 돌쇠를 신경 쓸 때가 아니었다. 어떻게든 박 씨를 말려야만 했다. 박 씨 또한 도술에 능한 터라 가만히 두면 큰일이 나는 것은 불을 보듯 뻔했다. 계화는 박 씨가 들고 있는 연적을 재빨리 낚아챘다. 그리고 그 앞에 있던 돌쇠에게 건넸다.

"돌쇠야, 이것을 시백 어르신께 전해드려. 얼른."

"뭐?"

돌쇠가 연적을 들고 머뭇거리는 사이, 박 씨가 마음에 평정을 되찾으며 돌쇠를 향해 말했다.

"그것을 갖다 드려라. 과거 볼 때에 그 연적을 사용하면 장원에 급제하여 높은 벼슬을 하시게 될 것이라 일러라. 그리고 서방님에게 나같이 보기 싫은 아내는 필요가 없을 테니 내 생각일랑 마시고 좋은 여자를 만나 여생을 잘 사시라고 전하여라."

말의 내용은 이상했으나 분위기가 심상치 않음을 느낀 돌쇠는 연적을 가지고 시백을 찾았다. 그리고 박 씨가 말했던 내용을 그대로 전하며 연적을 건넸다.

시백이 연적을 살펴보았는데 참으로 귀하고 보물 같은 연적이었다. 뜻하지 않게 귀한 선물을 받게 된 시백은 그녀에게 잠시 미안한 마음이 들었지만 내색하지는 않았다. 그만큼 박 씨에게 마음이 가지 않은 것도 사실이다.

드디어 과거가 있는 날, 시백은 박 씨가 준 연적을 가지고 과거시험을 보았다. 평소 아버지를 통해 박 씨에게 남들과는 다른 재능이 있는 것을 이미 알고 있었고, 그러한 재능을 가진 아내가 보내준 연적이라면 필시 도움이 될 것이라는 판단에서다. 어쩌면 아내의 마음을 매몰차게 거부했던 미안함 때문일 수도 있겠다.

이유야 어쨌든 결과는 좋았다. 박 씨의 말대로 시백은 장원 급제를 했고, 마을에서는 시백의 합격을 축하하는 잔치가 열렸다. 풍악 소리가 흥겹게 울려 퍼지며 시백의 부모님을 비롯한 많은 손님이 잔치에 참석했다. 그러나 한 사람, 반드시 참석해야 할 한 사람이 참석하지 못했다. 그녀는 바로 박 씨 부인이다. 그녀를 바라보는 계화가 걱정스러운 표정으로 물었다.

"그래도 잔칫날인데, 얼굴이라도 보여야 하지 않을까요?"

박 씨 부인은 단호했다.

"남편에게도 사랑받지 못할 흉측한 외모를 가지고 어디를 간단 말이냐? 즐거운 잔치를 망치고 싶지 않구나."

한편, 박 씨의 부재로 마음이 불편한 사람은 다름 아닌 시백의 아버지, 이득춘이었다. 그는 며느리가 가엾어서 견디기 힘들었다. 오늘날 집안이 잘 되고, 시백이 장원급제에까지 이른 것은 며느리의 도움이 있기에 가능했다는 것을 너무나 잘 알고 있었기 때문이다. 그러나 시아버지가 해줄 수 있는 것에는 한계가 있었고, 그 이상을 해줄 수 없는 것에 안타까워했다.

3. 나비가 되어

박 씨가 시집을 온 지도 어느덧 3년의 세월이 흘렀다. 시백은 여전히 겉으로만 남편일 뿐 남이나 다름없었다. 하루는 박 씨가 시부모님을 찾아와 조심스레 물었다.

"부모님의 안부가 궁금하여 친정에 좀 다녀올까 합니다. 허락해주셨으면 합니다."

이득춘은 며느리의 딱한 상황을 너무나 잘 이해하고 있었기에 그녀가 바람도 쐴 겸 친정에 다녀오는 것이 좋다고 생각했다. 그러나 금강산은 5백 리나 되는 머나먼 길이다. 길도 험한데 여성의 몸으로 홀로 보낸다는 것이 걱정이었다.

"물론 길이 험하고 먼 줄은 압니다. 그러나 험난한 여정은 제게 문제가 되지 않습니다. 아무런 걱정마시고 허락해주신다면 3, 4일 안으로 다녀올 수 있도록 하겠습니다."

5백 리나 되는 길을 3, 4일 안으로 다녀온다는 말을 믿는 것이 쉬운 일은 아니다. 하지만 며느리의 도술을 잘 알고 있던 이득춘은 끝내 허락하고 친정까지 다녀올 말을 준비해주었다. 박 씨는 시아버님이 준 말을 데리고 초당으로 향했다. 박 씨에게는 말이 필요하지 않았지만, 시아버님께 걱정을 끼쳐드리기는 싫었다. 박 씨는 말을 초당에 묶어 놓았다. 초당 안에 있던 계화가 박 씨를 발견하고 다가왔다. 그리고 말했다.

"아씨, 주변에는 아무도 없습니다. 아무쪼록 잘 다녀오십시오."

박 씨는 고개를 끄덕이며 주변을 돌아봤다. 땅거미가 내리고 어둠이 깃들어 누군가에게 들키지 않고 도술을 부리기에는 더할 나위 없이 좋은 때다. 그녀는 주문을 외우기 시작했다. 목소리가 낮고 무겁게 깔리자 하늘에 있던 구름이 빠르게 녹아내렸다. 녹아내린 구름은 줄기가 되어 박 씨의 발목을 감쌌고, 이내 그녀의 몸을 공중으로 들어 올려 비취봉을 향해 내던졌다. 그 광경을 지켜보던 계화는 박 씨 부인의 뛰어난 도술에 감탄을 금치 못했다.

'부스럭.'

방으로 향하던 계화는 문득 어둠 속에서 인기척이 있는 것을 느끼고 발걸음을 멈췄다. 야심한 이 밤에 누구일까? 박 씨 부인이 도술을 부리는 것을 들키기라도 한 것일까? 계화는 몸을 감추고 그곳을 향해 귀를 기울였다.

"틀림없지?"

"아, 물론이지. 내가 미리 다 알아봤다고. 이 초당에는 박 씨라는 성을 가진 부인 한 명이랑 계집종 하나뿐이야."

"동네에서 제일 큰 집의 초당이긴 하지만, 가져갈 것이 있을까?"

"이 멍청아. 귀한 집안의 며느리가 이곳에서만 지내는데 귀한 것이 없을 것 같아?"

도둑이다. 오히려 다행이다. 대화의 내용을 들어보니 그들은 박 씨 부인이 도술 부리는 것을 보지 못한 것이 분명하다. 그래도 좋지 않은 목적으로 찾아든 밤손님이다. 다시는 찾아오지 못하도록 겁을 줄 필요가 있었다. 평범한 도둑들이라면 계화 혼자만으로도 감당하기에 충분했다.

담 밖에 있던 도둑들은 뜰 안을 이리저리 살펴보더니 이내 담벼락에 발을 올려 뜰 안으로 뛰어내렸다.

'턱.'

"아니, 이게 무슨 일이야?"

귀신이 곡할 노릇이다. 분명히 뜰 안으로 뛰어내렸기 때문에 그들의 몸은 뜰 안쪽에 있어야 하는 것이 당연지사. 그런데 이곳은 뜰의 안쪽이 아니라 바깥쪽이 아닌가? 도둑들은 자신의 눈을 의심하며 위치를 확인했다. 몇 번을 확인해도 뜰 안쪽이 아닌 바깥쪽이 분명했다.

"아이고, 자네가 엉뚱한 방향으로 뛰어내리니까 나까지 따라 뛰어내린 것이 아닌가? 다시 안으로 들어가세."

그들은 실수라 생각하며 또다시 담벼락에 올라 뜰 안쪽으로 뛰어내렸다.

'턱.'

땅에 착지한 그들은 뜰 안쪽이 맞는지부터 확인했다. 서서히 주변을 살펴보던 도둑들은 이내 동공이 커지며 벌벌 떨기 시작했다. 이번에도 역시 뜰 바깥쪽이었기 때문이다. 아까는 실수가 있다고 하더라도 이번에는 단단히 주의하며 행동한 것이기에, 지금의 상황은 도저히 이해할 수 없었다.

"귀, 귀신이다. 귀신에게 홀렸다!"

"히이이익!"

계화는 도둑들이 소스라치게 놀라며 도망가는 것을 보고 몸을 날려 그들을 쫓아갔다. 도둑들은 다리가 풀렸는지 제대

로 뛰지 못했고, 때로는 바닥에 걸려 넘어지기도 했다. 계화
는 그들의 뒷모습을 지켜보다가 속력을 내어 그들을 앞질렀
다. 그리고 그들이 도망가는 방향을 바라보며 앞에 있는 커
다란 나무줄기를 향해 주먹을 내질렀다.

'쿵! 콰지지지직, 우직!'

"밤이 너무 늦었구나, 서둘러야겠다."

임경업은 발길을 재촉했다. 그는 훤칠한 키에 다부진 근육
을 가진 자였다. 자는 영백, 호는 고송으로 본관은 평택이고
충주 출신이다. 문과에 급제한 시백과는 달리 무과에 급제한
그는 소농 보권관이 되어 군량과 군기를 구비하는데 공을 세
우고 있었다. 오늘은 친구인 시백의 집으로 향하는 길이다.
늦어도 오후쯤에는 당도할 것이라 생각했지만 예정보다 많이
늦어지고 말았다.

시백의 집이 눈에 보일 때쯤 초당 근처를 지나던 경업은 이
상한 비명 소리를 듣게 되었다.

"귀, 귀신이다. 귀신에게 홀렸다!"

"히이이익!"

초당이 있는 방향에서 들리는 소리였다. 경업은 발걸음을

멈추고 하인에게 물었다.

"이게 무슨 소리냐?"

"저, 저도 잘 모르겠습니다."

경업은 소리가 나는 곳으로 발걸음을 옮겼다. 머지않아 사람으로 보이는 그림자 두 개가 풀숲을 밀어내며 초당 반대쪽으로 달리는 것이 보였다. 이 야심한 밤에 소리를 지르며 달리는 것을 보니, 필시 사연이 있을 것만 같았다.

그때였다. 임경업은 그들을 뒤쫓는 또 하나의 그림자를 발견할 수 있었다. 그림자의 모양새로 보아 작은 체구의 사람 같았다. 그 사람은 도망가는 사람들보다 갑절은 빠른 속력으로 그들을 앞질러 지나갔다. 경업은 깜짝 놀랐다. 저렇게 빠르게 달릴 수 있는 사람이 존재하다니! 호기심이 생긴 그는 서둘러 그림자를 쫓았다.

"아이고, 어디를 가십니까요?"

얼마나 달렸을까? 하인의 외침을 뒤로 하며 달리던 경업은 이내 무시무시한 소리를 듣고야 말았다.

'쿵! 콰지지지직, 우직!'

경업은 소리가 나는 방향으로 시선을 돌렸다. 키가 높은 나무 하나가 보였다. 갑자기 벼락이라도 맞은 것일까? 높다란 나무가 서서히 기우는가 싶더니, 이내 쓰러지고 마는 것이 아닌가? 나무가 쓰러짐과 동시에 도둑들의 비명소리가 울려 퍼졌다.

'쿠쿠쿵!'

"으아아아악!"

경업은 비명 소리가 들리는 곳으로 향했다. 그곳에는 나무에 깔린 두 남자가 있었는데, 어두운 복장에 복면까지 하고 있는 것으로 봐서 도둑인 것을 짐작할 수 있었다. 그들의 몸은 나무에 깔려 더 이상 움직일 수 없는 상태였다.

경업은 고개를 들어 시선을 옮겼다. 나무가 서 있던 그 자리에 누군가가 서 있었다. 믿기는 어려웠지만 쓰러진 나무가 저자와 연관이 있다는 것을 본능적으로 느낄 수 있었다. 경업은 그림자를 향해 외쳤다.

"웬 놈이냐?"

그림자는 아무런 대답이 없었다. 그리고 가볍게 몸을 날려 어딘가로 사라지고 말았다. 경업은 자신의 눈을 의심했다. 그림자의 움직임이 마치 날렵한 다람쥐처럼 보였기 때문이다. 인간의 몸으로 저러한 움직임이 가능하단 말인가? 나라에 무신으로 몸을 담고 있는 본인조차 저러한 움직임은 불가능하다. 그렇다면 귀신일까? 아니다. 세상에 귀신이란 존재는 있을 수 없다. 필시 인간의 한계를 뛰어넘은 괴물과도 같은 존재일 것인데, 그 사실조차도 믿기가 어려운 것이 사실이다. 임경업은 나무에 깔린 도둑 두 놈을 잡아 시백의 집으로 향했다.

시백은 어리둥절한 표정을 지었다. 밤늦게 방문한 친구도 그렇고, 친구에게 끌려 온 도둑들도 그렇고. 아닌 밤중에 홍두깨 같은 일이다. 여하튼 시백과 경업은 도둑놈들을 관아에 넘기기 전에 궁금한 것을 물었다.

"너희가 이곳에서 도둑질하려 했던 이유는 무엇이냐?"

"저, 저희는 초당에 마님과 몸종 한 명만 살고 있다는 소문을 듣고 이곳을 찾았습죠."

"마을에 그러한 소문이 돌고 있단 말이냐?"

임경업은 믿기 어려운 사실에 그들의 답변을 재차 확인했다. 박 씨 부인이 무슨 이유로 남편을 두고 초당에서 지낸단 말인가? 그는 시백을 향해 속삭였다.

"저들의 말이 사실인가?"

"그렇다네."

"부인과 몸종 하나만 지내기에는 좀 위험하지 않은가?"

"그, 그게 …."

시백은 말을 잇지 못했다. 박 씨 부인이 초당에서 지내게 된 이유가 바로 자신에게 있었기 때문이다. 남편에게 사랑받는 아내였다면 저러한 초당에서 지낼 이유가 없었다. 그만큼 시백에게 박 씨의 외모는 견디기 힘든 것이었다. 허나 경업의 말처럼 부인을 걱정할 필요는 없었다. 그녀에게는 도술이 있다. 그녀의 도술이라면 도둑 몇 놈쯤이야 초당 밖으로 쫓아내는 것은 일도 아니다. 그렇게 사실대로 말하면 될 일이지만 그녀의 외모와 도술에 대해 말을 한다는 것이 쉽지만은 않았다. 혹여나 도술에 대해서 소문이라도 난다면 사람들은 시백을 괴물과 결혼한 사람으로 오해할 것이 아닌가? 아니, 오해가 아니다. 사실이다. 외모만 보더라도 사람보다는 괴물에 가까우니까.

경업은 시백과의 속삭임을 멈추고 다시 도둑들을 향해 물었다.

"그렇다면 너희를 쫓던 놈은 누구냐?"

도둑들은 흠칫 놀라며 당혹스러운 표정으로 말을 이었다.

"귀신인 것 같습니다."

"뭐라고? 귀신? 네놈이 우리를 놀리려는 셈이냐?"

도둑들은 오늘 밤 있었던 내용을 사실대로 말했지만, 경업은 믿지 않았다. 도둑들이 담을 넘을 때 실수를 했다고 생각했기 때문이다.

"참으로 어리석은 놈들이로구나. 네놈들 말대로라면 귀신은 어디서 나타났단 말이냐?"

"저희들이 귀신에게 홀리기 시작한 것은 초당에서부터였습죠."

경업은 도둑들의 말을 당최 믿지 않으며 콧방귀를 뀌었다.

"어디 한번 가보자꾸나. 네놈들이 말하는 귀신을 내 눈으로 확인해야겠다."

시백은 경업을 말릴 수 없어 조용히 그의 뒤를 따랐다.

어둠이 내린 초당은 캄캄했지만 달빛이 밝아 사방이 꽃으로 둘러싸인 아름다운 장소임을 어렴풋이 알 수 있었다. 그곳에 도착하여 종을 부르니, 계화가 그들을 맞이했다.

"이 늦은 밤, 초당에는 무슨 일이십니까?"

순간 경업은 자신의 눈을 의심했다. 그녀의 모습이 하늘에서 내려온 선녀와 다를 바가 없었기 때문이다. 경업은 생전에 이처럼 아름다운 여성을 본 적이 없었다. 더구나 그녀는 천하고 천한 종의 신분이지 않은가? 그녀가 입고 있는 하인의 복장조차 양반집 규수의 비단옷처럼 아름답게 보이는 것이 참으로 신기했다. 경업은 그녀의 미모에 넋을 잃고 말았다. 그가 정신을 차리지 못하고 있는 사이, 시백이 계화를 향해 물었다.

"부인은 안에 있는가?"

"아씨께서는 아까 친정으로 떠나셨습니다."

아차, 시백은 박 씨가 친정으로 떠난다는 소식은 들었지만 관심이 없었던 탓에 그녀가 여태까지 초당에 있는 줄로 알았던 것이다. 시백은 당황하지 않고 태연한 자세를 취하며 다시 물었다.

"그렇다면 초당에는 너 뿐인 것이냐?"

"그렇습니다."

시백은 말에 뜸을 들이며 말했다.

"호, 혹시 초당에, 귀… 아니다, 됐다."

나랏일을 하는 사람의 입에서 귀신이라는 단어를 꺼내기는 그만큼 어려운 일이었다. 결국 시백과 경업은 별다른 말없이 도둑들을 이끌고 초당을 나왔다. 아무리 생각해도 귀신을 찾겠다고 돌아다니는 것이 어리석어 보였다. 경업은 본래 귀신의 존재를 믿지 않았기에 도둑들이 말한 귀신은 운동신경과

무예가 뛰어난 사람이었을 것이라고 생각했다. 그러나 이미 사라진 그를 찾을 수는 없었다. 반면에 시백은 도둑들이 말한 귀신이 박 씨였을 것이라고 생각했다. 아마도 박 씨가 도둑들을 내쫓은 후에 친정으로 향했을 터. 하지만 경업에게 말을 하지는 않았다. 내심 귀신의 등장을 기대했던 도둑들은 경업을 향해 말했다.

"저 안쪽까지 들어가면 그 귀신이 나타날지도 모릅니다."

경업은 도둑의 머리를 때리며 말했다.

"귀신? 귀신이라고?"

도둑이 아픈 머리를 쓰다듬는 동안, 경업은 생각했다.

'귀신이 나오기는커녕, 참으로 아름다운 여인네가 있지 않았느냐?'

다음 날 아침, 경업은 산책을 핑계 삼아 초당 앞을 거닐었다. 어젯밤에 잠시 만난 계화라는 이름의 계집이 생각났기 때문이다. 밤새 계화의 모습이 아른거려 잠자리까지 설치던 터였다. 계화를 생각하면서 가슴이 두근거리는 것이 신기하기도 하고, 한편으로는 종에게 마음을 품은 자신의 모습이 딱해 보이기도 했다. 그러나 한 번만 더 그녀의 모습을 보고 싶었다. 진심으로 그녀를 좋아하게 된 것인지 스스로 확인하고 싶었다. 물론 진심은 아닐 것이다. 진심으로 종을 좋아한다니, 그럴 리가 없다. 그런데 아무리 기다려도 계화는 초당 밖으로 나오지 않았다. 오히려 아까부터 사내 하나가 초당 앞을 어슬렁거리고 있었다. 경업은 그가 신경이 쓰여 다가가 물었다.

"자네는 왜 초당 앞을 어슬렁거리는가?"

사내는 귀한 손님이 말을 걸어오자 당황하며 말했다.

"저, 저는 돌쇠라고 하온데 이렇게 곳곳을 돌아다니며 일을 찾는 것이 제 일입죠."

하긴, 집이 넓은 양반집에는 어디에나 돌쇠가 있다. 하인들에게는 워낙 흔한 이름이기 때문이다. 오죽하면 그들이 집안 곳곳을 돌아다니기 때문에 '돌쇠'라는 이름이 붙었다는 소문까지 돌았을까?

"그렇구나. 그런데 왜 유독 초당 앞에서만 일을 찾는 것이냐?"

돌쇠는 간밤에 초당으로 도둑이 들었다는 소문을 들었다. 그래서 계화가 걱정되어 찾아온 것이다. 하지만 그런 말까지 주인 손님에게 할 수는 없지 않은가? 돌쇠는 아무런 말도 하지 못한 채 머뭇거렸다. 돌쇠가 대답을 제대로 하지 못하자 경업은 수상함을 느끼고 그를 추궁하려 했다. 그때 초당의 문이 열리며 계화가 나타났다. 계화는 문 앞에 있는 두 남자를 번갈아가며 바라봤다. 이내 경업을 알아보고 시선이 마주치자 고개를 숙인 채 물었다.

"안녕하십니까? 초당에는 무슨 일로 찾아오셨는지요?"

경업은 갑작스러운 상황에 당황하고 말았다. 그녀를 기다린 것은 분명하나 이런 식으로 만나고 싶지는 않았다. 마음에 여유를 가지고 그녀를 살펴보며, 그녀를 그리워하는 이 마음이 진짜인지 확인하려 했던 것이다. 그런데 이 모양이라니. 그나저나 가슴은 또 왜 뛴단 말인가? 간밤에 봤던 그 아름다운 몸종을 아침에 다시 보니, 또 다른 아름다움으로 경업의 시선을 어지럽히고 있었다. 밤에 보든 아침에 보든 실로 정신을 차리지 못할 만큼 아름다운 외모였다.

"아, 나, 나는 그냥 산책 중이었다네."

경업은 더 이상 계화를 마주할 자신이 없어 서둘러 사랑방으로 향했다. 용기를 낸다고 한들 그녀와 나눌 수 있는 이야깃거리도 없었다. 설령 이야기를 나눌 수 있는 상황이 오더라도 그녀의 신분이 낮기 때문에 이야기를 나누는 모습조차 이상하게 생각됐다.

'도대체 내가 무슨 생각을.'

얼마 후, 경업은 자신의 신분이 그녀와 다른 것을 한탄하며 집으로 돌아갔다.

친정에서 사흘을 보낸 박 씨가 돌아왔다. 돌아온 박 씨는 먼저 시아버지에게 인사를 드렸다. 그리고 아버지의 말을 전했다. 이달 보름날에 이곳을 찾는다는 내용이다. 이득춘은 며느리의 말을 듣고 반가워하며 박 처사를 기다렸다.

드디어 보름날, 달이 뜬 밤하늘에 학이 우는 소리가 들렸다. 그리고 곧 박 처사가 나타났다. 이득춘은 밝게 웃으며 그를 맞이했다. 그들에게는 밀린 이야기가 많았지만 밤이 너무 늦기 전에 이야기를 마쳐야만 했다. 그리고 잠을 청하기 위하여 각자의 방으로 향했다. 박 처사는 잠자리에 들기 전, 딸을 불렀다.

"하늘은 비로소 내게 모든 것이 끝났다고 하였다. 오늘에서야 너는 본래의 얼굴로 돌아갈 수 있게 되었구나."

박 처사의 말은 이해할 수 없는 내용이었다. 그러나 박 씨는 아버지의 말에 따라 남쪽을 바라보고 자리에 앉았다. 이내 박 처사의 음성이 들리는가 싶더니 박 씨의 허물을 벗기기 시작했다. 놀라운 일이었다. 그녀의 흉측한 외모가 뱀의 허물처럼 벗겨졌다. 허물을 모두 벗어버리자 실로 아름다운 자태의 여성이 나타났다. 아름답다고 소문난 계화의 외모는 비할 바가 아니었다. 박 처사는 밝은 미소를 보이며 벗겨진 허물을 상자에 넣어주었다. 그리고 그 상자를 건네며 말했다.

"많은 이들이 너의 새로운 모습을 믿지 못할 것이다. 그들이 믿지 않거든, 이 허물을 보여 주어 진짜 네 모습을 증명하여라."

박 씨는 아버지의 말을 명심하며 초당으로 향했다. 이튿날 새벽, 박 선비는 아쉬워하는 이득춘에게 짧은 인사를 하고 금강산으로 돌아갔다.

아침이 되자, 박 씨는 시부모님께 인사를 드리기 위해 방을 나왔다. 뜰에 나와 있던 계화는 박 씨의 새로워진 모습에 놀람을 감추지 못했다. 처음에는 자신의 눈을 의심했으나, 그녀의 몸짓과 전해지는 느낌으로 박 씨 부인임을 확신할 수 있었다. 박 씨는 계화를 향해 말했다.

"계화야, 너는 당장 시부모님께 가서 말하되, 나를 보고 놀라지 않도록 네가 지금 보고 있는 사실을 그대로 전해야겠다."

"무, 물론입니다. 아씨."

계화는 그녀의 말대로 부랴부랴 이득춘을 찾아갔다. 그리고 그녀가 본 사실을 그대로 전했다. 계화의 말을 들은 이득춘과 그의 부인 강 씨는 화들짝 놀라며 초당으로 향했다. 계화의 말이 사실인지 직접 확인하기 위해서다.

초당에서 계화를 기다리고 있던 박 씨는 시부모님이 뛰어오는 것을 보고 그들을 방으로 모셨다. 방 안에는 그녀의 허물을 넣어둔 상자가 있었다. 처음에는 도저히 믿지 못하던 시부모님도 허물을 보고 나서야 그 사실을 믿을 수 있었다.

"세상에 별의별 일이 다 있구나!"

시어머니는 과거의 모습과 확연하게 달라진 며느리의 외모를 보고 감탄하면서도, 그동안 며느리를 미워했던 자신의 모습이 떠올라 부끄러운 마음에 그녀의 손을 잡았다.

박 씨의 변신에 누구보다 놀란 사람은 다름 아닌 시백이었다. 시백은 아내의 아름다운 모습을 보며 그동안 자신이 얼마나 큰 잘못을 저질렀는지 깨달을 수 있었다. 시백은 잘못을 인정하며 박 씨에게 용서를 구했다. 그러나 부인의 반응은 차갑기만 했다.

"비록 인물이 추하다고는 하나 저는 그동안 시부모님을 잘 모시고 큰 잘못 없이 집안일을 정성껏 돌보았습니다. 그런데 군자께서는 저의 흉한 외모만으로 아내를 판단하여 남 대하 듯 하고 구박을 서슴지 않으셨습니다. 그러니 앞으로는 저를 잊으시고 좋은 아내를 맞이하여 행복하시길 바랍니다."

시백은 박 씨의 말에 수치스러움을 느꼈다. 그리고 아무런 변명도 할 수 없었다. 그녀의 말이 모두 사실인즉슨, 용서를 구하는 것에만 전념을 다 했다.

"앞으로는 당신에게 좋은 남편이 될 것을 다짐하니, 지난날을 잊어버리고 나를 용서해주시구려."

시백은 밤이 새도록 빌며 사과했다. 박 씨는 남편이 그동안에 철없던 행동들을 진심으로 뉘우치는 것을 확인하고 나서야 그를 용서했다. 시백이 과거에 아내를 외모로 판단하는 잘못을 저질렀으나 그의 품성 자체가 나쁜 것이 아님을 믿었던 그녀였다.

그렇게 남처럼 지내던 이시백과 박 씨 부부는 결혼 후 처음으로 관계를 회복하고 정다운 사이가 되었는데, 박 씨는 몇 달 지나지 않아 임신하여 그다음 해에 쌍둥이를 낳았다. 쌍둥이의 이름은 '희기'와 '희인'으로 둘 다 아들이었다.

4. 조선의 위인들

　이시백이 박 씨 부인과 화해를 하면서 나랏일에 충성하고 백성의 근심을 잘 살피니 백성 중에는 시백을 싫어하는 이가 없었다. 임금은 그러한 시백을 나라 곳곳에 알려 그의 명성이 나라 안에 퍼지도록 했다. 도내의 백성들은 이시백의 정치에 늘 감사를 느꼈고, 관리들은 거리마다 선정비를 세웠다. 그렇게 칭송하는 소리가 임금에게 전해지니 임금은 이시백을 병조판서에 오르게 했다.

　이시백이 병조판서에 이르자 오랜만에 휴식을 얻었다. 집으로 돌아가는 길에는 그의 친구 임경업이 함께했다. 물론 시백의 승진을 축하하기 위해서였지만, 익히 계화의 미모를 알고 있던 임경업은 시백의 집에 도착하면 그녀를 보고 싶은 마음이 먼저였다. 그러한 마음이 깃들었기 때문일까? 임경업은 무심코 중얼거렸다.

"내 신분이 딱하구나."

그의 옆에서 나란히 말을 타던 시백은 경업의 중얼거림을 듣고 그에게 물었다.

"음? 그게 무슨 소리인가? 신분이 딱하다니. 청북방어사 겸 영변부사로 있는 자네가 신분 타령을 한다는 것이 말이 되나?"

경업에게 시백은 마음을 터놓고 이야기를 나눌 수 있는 좋은 친구였다. 허나 이러한 이야기를 나눈다면 자신에게 부끄러움이 될까 하여 말을 조심했다.

"신분의 차이로 인해 얻지 못하는 것이 있을 수 있다는 생각을 해봤네. 예를 들면 내 신분을 망각하고 여종을 마음에 품는다든지 말일세."

시백은 경업의 말을 장난으로 받아들이며 웃었다.

"예끼! 이 친구, 종을 부려야 할 양반이 종을 탐해서야 쓰나?"

"그냥 하는 말일세."

시백은 그의 모습이 사뭇 진지해서 잠시 침묵을 지켰다. 그리고 고민하는 듯이 뜸을 들이다가 힘들게 입을 열었다.

"사실은 내게도 그런 마음을 품은 적이 있다네."

경업은 깜짝 놀라며 물었다.

"뭐라고?"

갑작스런 시백의 고백은 심히 충격적인 내용을 담고 있었다.

"자네도 알다시피 당시에는 아버지 때문에 억지로 결혼을 했지. 아내의 외모가 괴물이나 다름없었거든."

이미 시백에게 들은 이야기다. 어느 순간에 아내의 흉측한 외모가 벗겨져 지금은 매우 아름다운 모습이 되었다고 들었다.

"그렇게 흉측한 외모를 가진 아내인데, 아내의 몸종이 기가 막힌 절세미녀라네."

경업의 눈동자가 커졌다. 시백이 말하는 몸종이 누구인지 알고 있었기 때문이다.

"계화로군."

"어라? 자네도 기억하는군. 당시에 나는 내 신분을 망각하고 계화를 품에 안는 상상을 했더랬지."

경업은 머리를 크게 끄덕이며 대답했다.

"충분히 이해할 수 있지. 나 또한 그랬으니까."

시백과 경업은 서로를 바라보며 웃었다.

"지금이야 그때를 생각하면 웃고 넘기지만, 만약 내 아내의 모습이 지금처럼 변하지 않았다면 아내를 버려두고 계화랑 놀아나는 망나니가 되지 않았을까 하는 생각도 하게 되네."

경업은 고개를 끄덕였다. 그런 부끄러운 속내를 터놓고 이야기할 수 있는 것도 친한 사이라서 가능한 것일 터. 시백이 먼저 자신의 부끄러운 생각을 친구에게 이야기하자, 이야기를 듣고 있던 경업도 자신의 고민을 솔직하게 털어놓게 되었다.

"사실은 …."

경업의 이야기는 실로 놀라웠다. 경업이 천하고 천한 몸종 하나를 마음에 두고 있다니. 경업의 이야기를 듣는 동안 놀라면서도 한편으론 재밌기도 했다. 여자들이라면 누구나 탐낼만한 귀한 친구가 몸종 하나에 마음을 졸이고 있었다는 사실에 웃음이 나왔다. 이야기를 듣던 시백은 잠시 동안 고민한 후에 진지한 표정으로 물었다.

"그렇다면, 오늘 밤 내가 자네의 방에 계화를 들여 보내주면 어떤가?"

경업은 화들짝 놀라며 주변을 두리번거렸다. 하인들은 그들의 대화를 들을 수 없을 만큼 먼 거리에 있었다. 경업은 다시 시백을 바라봤다. 그의 눈빛에서 진심이 느껴졌다. 그렇다면 경업도 체면을 차릴 때가 아니라고 생각했다.

"그, 그게 가능하겠는가?"

"우리 집 몸종이 아닌가? 내가 명령하면 거절할 수 없을 것이네."

임경업은 마른 침을 삼켰다.

시백의 집에 이르니 성대한 잔치가 준비되어 있었다. 마을 사람들은 준비된 음식을 먹으며 풍악을 즐겼다. 많은 사람이 즐거워했지만 임경업은 즐거워할 수 없었다. 시백의 말이 머릿속에서 떠나지 않았다. 시백은 정말로 경업의 방에 계화를 보낼 생각일까? 경업은 술잔을 치우고 사발을 들었다. 커다란 사발에 술을 따르니 그 술이 탁해 보이며 마치 자신의 마음과도 같다고 생각했다. 얼마나 마셨을까? 임경업은 술에 취해 자신의 방으로 향했다. 그리고 잠시 후, 꿈만 같은 일이 일어났다. 시백이 말한 대로 계화가 들어온 것이다. 계화는 조심스레 들어와 술상을 내려놓고 자리에서 일어나려 했다. 경업은 재빨리 그녀를 불러 세웠다.

"계화야."

"네, 어르신."

계화는 고개를 숙이며 대답했다.

"이리 와서 술친구가 되어주면 어떻겠느냐?"

계화가 잠시 놀라는 듯했으나 또박또박 말을 이어갔다.

"천한 제가 어찌 어르신과 함께 술자리를 하겠습니까?"

"괜찮다. 와서 앉아라."

계화는 더 이상 거절할 수 없어 자리에 앉았다. 경업의 술잔이 빌 때마다 그의 잔에 술을 채우는 것을 잊지 않았다. 둘 사이에는 아무런 말도 없었다. 그렇게 무거운 분위기가 이어졌다. 경업은 이내 결심이라도 한 듯 힘들게 입을 열었다.

"자고로 세상에는 하늘과 땅이 있는 것처럼 위와 아래가 있는 법. 그러나 하늘이 아래를 내려다보며 땅을 사랑한다면 어떨 것 같으냐?"

갑작스런 그의 질문이 당황스럽긴 했으나 계화는 충분히 생각한 후에 대답했다.

"하늘은 하늘로 존재하고 땅은 땅으로 존재하되, 하늘은 땅을 품고 땅은 하늘을 품을 수 없으니, 그 사랑은 일방적일 수밖에 없다고 생각합니다."

경업은 감탄을 금치 못했다. 계화의 대답이 한낱 몸종이라고 하기에는 깊이가 있었기 때문이다. 어지간한 선비들도 그녀의 대답을 들었다면 혀를 내두를 것이 분명하다.

"하늘이 단 한 번의 실수를 했다면, 이 땅에 네가 몸종으로 태어난 것이 바로 그것이다. 귀한 집안의 규수로 태어났어야

할 네가 종으로 태어나 고생을 하고 있구나."

"과찬이십니다."

계화는 숙이고 있던 머리를 더욱 조아리며 얼굴을 붉혔다. 그 사이 경업의 말이 이어졌다.

"그럼, 한 가지만 더 묻겠다. 하늘의 내가 땅의 너를 사랑한다면 그것은 일방적인 사랑인 것이냐?"

계화는 움직임을 멈췄다. 충격을 받았기 때문이다. 과연 경업의 말에는 무슨 의미가 있는 것일까? '사랑한다면'이라는 조건을 달기는 했지만, 경업처럼 높은 계층에 있는 사람이 몸종 같은 아랫사람에게 할 질문은 아니다. 그저 술에 취해 농담을 던지는 것인지도 모른다. 그러한 질문에도 답변해야 하는 것일까? 계화는 이러지도 저러지도 못한 채 더디게 시간을 보냈다.

"왜 대답을 하지 못하느냐? 총명한 네가 이해하지 못할 질문이 아닌 것을."

경업은 계화의 답변을 요구하고 있었다. 한참을 망설이던 계화는 이내 허리를 세우고 용기를 내어 대답했다.

"일방적인 사랑입니다."

"왜냐? 하늘과 땅이 구분되어 있기 때문이냐?"

"그렇습니다."

경업은 확신했다. 계화가 자신의 생각과 말을 온전히 이해하고 있다고. 하늘과 땅이 구분되어 있다는 것은 조선 땅에 신분의 차이가 뚜렷하게 존재하는 것을 말하는 것일 테다. 경업은 인정할 수 없었다. 적어도 이 순간만큼은 신분 차이를 떠나 사람 대 사람으로 그녀와 마주하고 싶었다. 그렇다면 그 경계를 무너뜨려야만 한다.

"하늘과 땅을 구분하는 것은 무엇이냐?"

"사람입니다."

"사람이 옳으냐?"

"항상 그렇지는 않습니다."

경업은 잔에 있는 술을 마저 비우고 계화를 바라보며 용기를 내었다.

"그렇다면 사람이 뭐라 하든, 하늘이 땅을 사랑할 수 있는 것처럼 내가 너를 사랑할 수 있는 것이 아니냐?"

고백이다. 이것은 분명 고백이다. 세상이 허락지 않고 사람이 용납할 수 없는 개벽과 같은 고백이다. 둘 사이에 침묵이 흘렀다. 이전보다 길고 긴 침묵이 그들의 공간을 메우고 있었다. 경업이 숨 쉬는 것조차 잊고 있던 그때, 무거운 침묵을 이겨내고 계화의 입술이 움직였다.

"아니 됩니다."

계화의 목소리에는 힘이 실려 있었고, 경업은 그 힘을 거부했다.

"왜냐?"

계화의 입술은 멈추지 않았다.

"땅에게는 이미 사랑하는 것이 있기 때문입니다."

경업은 들고 있던 빈 잔을 떨어뜨렸다. 잔은 데굴데굴 굴러 술상 밑 어두운 곳으로 달려갔다. 경업은 계화에게서 시선을 떼지 않았다. 그녀의 말을 분명히 이해했음에도 사실을 확인하고 싶었다. 계화가 사랑하고 있는 이가 누구인지 물어봐야만 했다. 순간 경업은 오래전 일을 떠올렸다. 시백의 집에 놀러 왔을 때 도둑을 잡았던 그 다음 날, 계화의 얼굴을 보고 싶어서 박 씨 부인의 초당 앞을 지키고 있을 때, 한 사내가 있었다. 근처를 어슬렁거리던 하인이었다. 왠지 모르게 신경이 쓰였었다.

"… 사내냐?"

"그렇습니다."

이미 술에 취한 경업은 또다시 취기가 넘치는 것을 느꼈다.

아니, 질투였는지도 모른다. 경업은 목소리에 힘을 주었다.

"그 사내를 다시는 보지 못하게 할 힘이 나에게 있다는 것을 모르는 것이냐?"

계화는 경업이 화가 난 것을 느꼈지만 망설이지 않았다. 여느 몸종들과 달리, 해야 할 말을 못 하는 그녀가 아니었다.

"저로 인해 화가 나셨다면 용서를 구하겠습니다. 다만 제가 이렇게 말씀을 드릴 수 있는 이유는 어르신의 품성이 너그럽고 저를 아끼시는 만큼, 제 주변도 지켜주실 것을 믿기 때문입니다."

경업은 대꾸할 수 없었다. 그녀가 하는 말에 반박할 수 없었다. 신분의 차이를 뛰어넘는 사랑을 생각했지만, 결국 그녀의 마음을 얻기 위해 권력의 힘을 이용하겠다고 말한 것이나 다름없었다. 오히려 그러한 경업의 품성을 너그럽다고 말하여 스스로 부끄러움을 느끼게 하는 계화의 지혜로움에 감탄하고 말았다. 부끄러웠다. 수치스러웠다. 심지어 경업은 계화를 품고 싶은 마음에 다른 이의 힘을 빌려 그녀를 만날 기회를 얻었으며, 술의 힘을 빌려 고백한 사실도 깨닫게 되었다. 이러한 사랑을 원한 것은 아니었다. 이것은 사랑이 아니었다.

"미안하구나. 참으로 미안하구나. 내가 질투심에 눈이 어두워 엉뚱한 소리를 하고 말았구나. 또한 신분의 힘을 이용해 너를 쉽사리 품에 안을 수 있다는 착각까지 했으니 나를 용서해다오. 내가 부족했다."

경업은 자신의 행동을 진심으로 뉘우치며 용서를 구했다. 그리고 계화는 머리를 숙여 화답했다.

"아닙니다. 부족한 저를 이렇게 사랑해주시고 이해해주시니 감사할 따름입니다. 언제고 기회가 된다면 반드시 이 사랑에 보답하겠습니다."

그 후로 계화는 이날에 있었던 일을 입에 올리지 않아 경업의 명성을 지켜주었고, 경업은 이날의 깨우침을 잊지 않아 신분의 차별 없이 겸손한 마음으로 백성을 사랑하게 되었다.

그때쯤 중국의 명나라는 시시때때로 나타나는 오랑캐들로 인해 나라가 혼란스러웠다. 그 소식을 들은 인조는 명나라의 근심을 해결해주고 싶었다. 그들의 고민을 해결해준다면 명나라와의 우호관계는 더욱 두터워질 것이었다. 임금님은 이시백을 명나라로 보내는 사신으로 임명하고 명나라를 도와 오랑캐를 물리치도록 명령했다. 이시백은 친구인 임경업을 군관으로 삼아 자신을 돕도록 하였는데, 임경업이 철마산 군영의 대장으로 있을 때였다.

이시백과 임경업이 명나라로 떠난 지 며칠 후 어느 날 밤, 초당에서 기도를 마친 박 씨가 계화를 불렀다.

"하늘의 뜻을 살피던 때에 서방님과 임경업 장군님의 위상이 하늘에 있는 것을 보았다. 필시 이번 임무를 통해 세상으로부터 인정을 받게 될 것인즉, 그러기 위해서는 명나라의 힘이 필요한데 힘이 조금 부족하듯 보이는구나. 그러니 장군님과 인연으로 묶인 네가 가서 도와드려야겠다."

계화는 깜짝 놀라 박 씨 부인을 바라봤다. 박 씨는 마치 모든 것을 알고 있다는 듯이 고개를 끄덕였다.

"나는 하늘의 기운으로 예측하는 것이 가능할 뿐, 자세한 내용은 알지 못한다는 것을 네가 알지 않느냐. 하늘을 살펴보니 장군님의 별과 너의 별이 서로를 바라보며 빛을 발하기에 하는 말일 뿐이야. 하지만 그 사이에 짙은 어둠이 끼여 있으니 이루어질 수 없는 사랑. 너라면 필시 그것을 느끼고 사랑을 포기했겠지."

계화는 말없이 고개를 숙였다. 그 모습을 지켜보던 박 씨가 물었다.

"내가 짐작하건대 너를 흠모하는 사내가 있을 것 같구나."

돌쇠가 떠올랐지만, 계화는 대답하지 않았다.

"그를 사랑하느냐?"

계화는 질문에 대답하기에 앞서, 돌쇠가 고백하던 순간을 회상했다. 돌쇠가 할 이야기가 있다며 그녀를 불렀을 때다. 늦은 저녁, 개울가에서 만난 돌쇠는 떨리는 마음으로 그녀에게 물었다.

'내가 부족한 것을 알지만, 그래도 계화를 사랑하는 마음은 어느 누구에게도 뒤지지 않을 거야. 그러니 내 마음을 좀 받아주겠어?'

계화는 돌쇠를 바라보며 말했다.

'네 마음은 참으로 고마워. 하지만 네 마음을 받아줄 수가 없어.'

'왜? 무엇 때문에?'

계화는 돌쇠를 바라보며 말했다.

'널 사랑하지 않아.'

"사랑하지 않습니다."

계화는 목소리에 힘을 주어 말했다. 계화의 답변을 들은 박 씨가 말을 이었다.

"너의 마음을 묶어두는 사내가 없으니 너는 필시 장군님과 사랑에 빠지겠구나."

계화는 고개를 들어 박 씨를 바라보며 말했다.

"당치도 않는 말씀입니다. 장군님과 사랑에 빠지다니요. 저는 아씨를 모시는 일로 충분합니다. 제 마음에는 사내가 들어올 자리가 없습니다."

계화의 목소리는 떨리고 있었다. 거짓말이다. 거짓말이기에 목소리가 떨리는지도 모른다. 임경업이 술에 취해 고백하던 그때, 계화의 마음은 이미 임경업의 것이 되었다. 그러나 그것은 있을 수 없는 일. 세상이 허락할 수 없는 사랑이기에 다른 핑계를 대어 사랑을 피했던 터다.

"계화야, 너는 세상을 잘못 태어나서 사랑을 이룰 수 없는 사람이로구나. 슬프고 슬프도다. 네 아픔이 느껴지는구나."

박 씨의 말을 들은 계화는 괜스레 가슴이 아팠는데, 그 고통을 참을 수 없어 눈물이 흘렀다. 계화의 모습을 지켜볼 수 없었던 박 씨는 돌아서며 말했다.

"어서 가라. 임경업 장군을 도와야 하지 않겠느냐?"

계화는 박 씨에게 들키지 않게 눈물을 훔친 후에 대답했다.

"네, 아씨."

계화는 간단히 준비를 마치고 학을 탔다. 그리고 어두운 밤하늘을 날아 명나라로 향했다.

　이시백과 임경업이 명나라에 도착하자, 명나라의 임금은 그들을 반갑게 맞이했다. 겉으로 보기에는 그러했다. 속내는 달랐으니, 오랑캐를 토벌하는 대업에 겨우 두 명의 장수만 보내는 조선을 얕잡아보는 마음이 컸다. 일단 나라 간의 예의를 지키기 위해 잔치를 열고 성대하게 환영을 했으나 두 사람을 믿기는 어려웠다. 그런데 머지않아 그들의 능력을 시험해볼 날이 다가왔다. 때마침 이웃 나라인 호 나라에서 사신을 보낸 것이다. 사신이 들고 온 편지에는 대략 이러한 내용이 쓰여 있었다.

　〈오랑캐 가달이 일어나서 호 나라를 침략하고 노략질하는데, 그의 병사들이 너무나 막강하여 막을 수 없으니 명 나라의 도움을 구합니다.〉

　가달은 오랑캐 중에서도 세력이 가장 컸다. 두목인 가달은 커다란 도끼 두 자루를 한꺼번에 들고 다닐 정도로 어마어마한 힘을 가진 자였다. 호 나라가 감당하기 어려웠던 만큼 그

위세가 크니 명나라 임금으로서는 난처한 상황이 되고 말았다. 군대를 보내면 대다수가 죽을 것이오, 도움을 거절하면 호 나라와의 관계가 악화될 것이 뻔하다. 실로 이러지도 저러지도 못 하던 때에 조선에서 온 위인들이 생각났다. 임금은 이시백을 불러 말했다.

"드디어 그대들의 활약을 볼 때가 온 것 같소. 병사 3만의 대군을 줄 터이니, 호 나라로 가서 가달의 오랑캐를 막아주시오."

이시백은 명나라에 오기 전, 이미 오랑캐에 대한 정보를 수집해놓은 상태였다. 그래서 명나라 임금의 명령에는 무리가 있다는 것을 알고 있었다. 만약 이곳이 조선이라면 3만의 병사는 왕의 말대로 대군이 틀림없을 것이다. 그러나 이곳은 조선과는 비교할 수 없을 만큼 수많은 사람이 살고 있는 중국이다. 그들을 괴롭히는 웬만한 오랑캐들도 그 병사가 족히 5만은 넘는 것이 일반적. 그런데 그 수에도 미치지 못하는 3만의 군사를 준다는 의미는, 호 나라에는 도움을 주었으니 생색을 내는 것이 가능하고, 설령 잘못된다 하더라도 사령관이 조선인이니 그 책임을 조선에 떠넘길 수 있다는 얄팍한 꼼수에서 비롯된 것이었다. 이시백은 고개를 숙인 채 이를 악물었다.

"네, 그리 하겠습니다."

어쩔 수 없었다. 조선은 명나라와 관계를 돈독히 하고자
했고, 그러기 위해서는 명나라의 요구를 들어주어야만 한다.
그 요구에 무리가 있을지언정 피할 수는 없는 일.

명나라 임금이 조선에서 온 임경업을 총 사령관으로 임명
하니, 그는 3만의 군사를 훈련시킨 후에 호 나라로 떠났다.
이시백은 임경업이 호 나라에서 돌아올 때 목숨만이라도 건
져오길 간절히 기도했다.

임경업이 호 나라에 도착하자 그곳의 임금이 크게 기뻐하
고 극진히 대접했다. 며칠을 그렇게 머무르고 있는데 가달의
부대가 호 나라를 또다시 쳐들어 왔다는 소식을 들었다. 임
경업은 자신의 군사 3만을 이끌고 가달의 침략지로 향했다.

임경업이 그곳에 도착할 때쯤, 가달의 부대는 호 나라의 백
성을 살해하며 가축과 식량을 약탈하고 있었다. 임경업은 군
사들을 지휘해 가달의 부대와 맞서 싸웠다. 임경업의 군대는
비록 명나라 군인들로 이루어져 있지만 임경업에게 직접 훈
련을 받았으므로 전투방식에서 명나라와는 많은 차이를 보
였다. 중국에서 오랑캐 짓을 하던 가달의 부대에게는 처음으

로 접하는 전략과 전투방식인 것이다. 가달은 익숙하지 않은 조선의 싸움방식에 당황할 수밖에 없었다.

역사적으로 외세의 침입이 잦았던 조선은 중국에 비해 땅덩어리도 작고 군사들의 수 또한 비교할 수 없을 만큼 적었다. 적은 인원으로 나라를 지키려다 보니 최소한의 피해로 최대한의 효과를 발휘할 수 있는 전략과 전술에 능통했다. 그러한 조선에서 용맹을 떨치던 장군에게 훈련을 받은 군대가 오합지졸이나 다름없는 가달의 부대를 상대로 질 리가 없는 것이다.

임경업의 군대가 순식간에 가달의 부대를 쫓아내자, 가달은 화를 이기지 못하고 부하들에게 소리쳤다.

"5만이 넘는 우리 부대가 3만 정도 밖에 되지 않는 명나라 군대에게 밀리는 것이 말이 되느냐 말이다! 적장의 이름이 무엇이냐?"

가달의 외침에 한 병사가 몸을 떨며 그 앞에 나와 말했다.

"임경업이라는 자로 명나라 장수가 아니라, 조선의 장수라는 소문을 들었습니다."

"조선이라고?"

조선이라면 중국의 끄트머리에 위치한 작은 나라로, 침략하기 어려운 곳으로 정평이 나 있는 곳이었다. 그 작은 땅이 무엇이기에 그리도 강하며, 그 힘을 명나라에까지 빌려준단 말인가?

가달이 움직이자 그의 육중한 몸에서 먼지가 일어났다. 양옆에 있던 두 개의 도끼가 햇빛을 받아 번쩍였다. 가달은 한 손에 하나씩 도끼를 집어 들고 자리에서 일어났다. 그리고 이를 악문 채 싸움터로 향했다.

싸움이 서서히 소강상태에 접어드는가 싶더니, 이내 싸움터 한구석에서 오랑캐들의 함성이 들려왔다. 목소리만 들어도 사기가 느껴지는 엄청난 함성이다. 임경업은 알 수 있었다. 저들의 우두머리가 움직이고 있는 것을. 오랑캐들이 갑자기 힘을 내는 것을 느낀 임경업은 군사들을 향해 소리쳤다.

"저곳으로 집결하라! 오랑캐들의 사기를 꺾어야만 한다!"

임경업의 군대가 재빠르게 움직이며 그가 지시하는 곳으로 집결했다. 임경업의 명령에 따라 전술을 펼치며 힘을 발휘했다. 그러나 오래가지는 못했다. 임경업의 군대가 감당하기에는 가달의 병사 수가 너무나 많았다.

한편 숲에 있던 계화는 나무 그림자를 이용해 모습을 감추면서도 전장을 관찰할 수 있는 좋은 위치를 골라 전쟁을 지

커보았다. 초반에는 임경업의 군대가 승기를 잡는 듯이 보였는데 시간이 흐르면서 패배의 기운이 느껴졌다. 임경업에게 위기가 닥친 것이 분명하다. 계화는 전장에 드문드문 심어진 나무 뒤로 몸을 숨기며 싸움터로 뛰어들었다. 주변을 살펴보니 곳곳에 시체가 널려있는 것을 확인할 수 있었다. 그중에서 명나라 병사의 옷을 벗겨 자신이 입었다. 명나라 병사처럼 꾸미기 위해서다. 수건으로 얼굴을 가리고 투구를 써서 머리를 감추고 나니, 영락없는 명나라 병사처럼 보였다. 계화는 날렵하게 몸을 날려 가달의 부대 쪽으로 향했다. 명나라 군대가 있는 곳의 반대쪽이다.

오랑캐들은 단신으로 돌격해오는 명나라 병사 하나를 발견하고 잡으려 했지만 날렵한 그의 움직임을 따라가기 어려웠다. 그 날렵함이 신묘하고 놀라웠다. 잡으려고 하면 손아귀에서 빠져나가고 칼을 휘두르면 그 자리에 없었다. 계화는 신속하게 움직여 부대의 안쪽으로 달려갔다. 달리면서도 도술을 위한 주문을 외우는 것을 잊지 않았다. 원하는 위치에 자리를 잡은 계화가 주문을 마치고 몸을 날렸다. 그리고 두 손으로 바닥을 내려쳤다.

'쿠쿵!'

계화의 두 손이 바닥에 닿자 땅이 크게 울리며 오랑캐들이 쓰러졌다. 땅이 흔들리니 중심을 잡기 어려운 탓이다. 곧이어 광대한 흙먼지가 일어났다. 그렇게 일어난 흙먼지는 안개처럼 피어올랐다. 멀리 있던 임경업이 보기에는 거대한 흙먼지가 가달의 부대 절반을 집어삼키는 것처럼 느껴졌다. 임경업은 영문도 모른 채 소리쳤다.

"저 먼지는 무엇이냐?"

그 질문에 대답할 수 있는 병사는 아무도 없었다. 그저 갑자기 일어난 흙먼지로 인해 가달의 부대가 당황하는 것은 확실했다. 가달의 부대는 먼지 속에서 혼란에 빠져 허우적거렸다. 임경업은 가달의 전력이 흐트러지자 기회를 놓치지 않았다.

"끄아아아악!"

안개처럼 자욱한 흙먼지 속에서 가달의 병사들이 하나씩 쓰러져갔다. 병사들의 비명소리가 사방으로 퍼져나가자 가달이 그 소리를 듣고 몸을 움직였다. 흙먼지 안에서 무슨 일이 벌어지고 있는지 확인해야 했다. 그때였다. 옆에 있던 병사가 가달을 향해 소리쳤다.

"두목님! 명나라 군대에서 누군가가 걸어 나오고 있습니다."

가달은 가던 길을 멈추고 그에게로 시선을 옮겼다. 얼핏 보더라도 일반병사가 아닌 듯했다. 아까 전해 들었던 조선의 장수가 분명했다. 그 장수가 가달을 향해 외쳤다.

"너희들의 두목은 어디로 갔느냐? 부하들 뒤에 숨어있지 말고, 나와서 내 칼을 받아라!"

도발이었다. 흥분을 쉽게 하는 가달의 얼굴이 순식간에 달아올랐다. 가달은 두 개의 도끼를 들고 장수의 앞으로 나아왔다.

"내가 가달이다! 내 앞에 서 있는 애송이의 이름은 무엇인가?"

장수는 말에서 내리며 허리춤에서 칼을 뽑았다. 그에게 두려움은 없어 보였다. 그가 가달 앞으로 걸어 나오며 입을 열었다.

"조선에서 온 임경업이다. 지옥에서도 내 이름을 잊지 말라."

가달의 부대와 임경업의 군대가 싸움을 멈추고 주위를 둘러쌌다. 임경업과 가달의 싸움을 지켜보기 위해서다. 병사들의 싸움이 대장들에게로 옮겨지자, 병사들의 기대감이 그들의 어깨를 짓눌렀다.

성격이 급한 가달이 선공을 시도했다. 도끼날이 임경업의 머리를 향해 날아들었으나 임경업은 덩치에 맞지 않는 빠른 몸놀림으로 공격을 피해냈다. 임경업이 가볍게 피했다고 생각한 순간, 두 번째의 도끼날이 임경업의 어깨를 스치며 지나갔다.

"우오오오오!"

가달의 부대가 신이 나서 함성을 외쳤고, 임경업 군대는 안도의 숨을 내쉬었다.

임경업은 두 개의 도끼를 든 적과 싸운 경험이 없었다. 그만큼 가달의 공격은 변칙적이었고, 공격의 방법도 변화무쌍했다. 임경업은 재빨리 자세를 갖추고 공격을 시도했다. 그의 예상대로 가달은 몸놀림이 자유롭지 못했다. 두 개의 무거운 도끼를 들고 있었기 때문이다. 그러나 가달은 최소한의 움직임으로 효율적인 방어를 해내고 있었다. 임경업의 공격지점을 예측하고 그곳에 커다란 도끼날을 옮겨다 놓는 방식이다. 그렇게 하면 임경업의 찌르고 베는 공격을 자세만 바꾸는 것으로 방어를 해내는 것이 가능했다. 그러나 임경업은 조선을 대표하는 무장 중에 무장이다. 이대로 당하고 있을 수는 없었다. 임경업은 한 걸음 뒤로 물러나며 가달의 움직임을 살폈다.

역시나 가달이 물러나는 임경업을 따라오며 공격을 이어갔다.

'좌에서 우, 위에서 아래!'

임경업은 가달의 움직임을 재빠르게 파악하며 그의 공격을 예측했다. 하나의 도끼가 좌에서 우로 움직이며 임경업의 가슴을 노렸지만 아슬아슬하게 공격을 피해냈다. 그 사이 임경업은 오른손에 있던 칼을 왼손으로 옮기는 것을 잊지 않았다. 가달은 계속해서 전진하며 임경업을 쫓았다. 그리고 위에서 아래로 도끼를 내려찍었다.

임경업은 재빨리 오른발을 축으로 왼발을 이용해 원을 그리며 몸을 돌렸다. 그 사이 가달의 도끼가 임경업의 등을 지나 바닥과 충돌했다.

'쿵!'

임경업은 그렇게 얻은 회전력을 이용해 왼손에 들고 있던 칼을 가달의 어깨에 꽂아 넣었다.

'콰곽!'

"끄아아아악!"

가달은 어깨에 심한 통증을 느끼며 비명을 질렀다. 들고 있던 두 개의 도끼가 모두 바닥에 떨어졌다. 가달의 위상이 함께 떨어지는 것은 물론이다. 임경업의 군대는 환호를 질렀고,

가달의 부대는 도망치기 바빴다. 두목이 쓰러진 오랑캐는 그렇게 뿔뿔이 흩어지고 말았다. 임경업은 부하들을 시켜 가달을 포박했다. 가달이 임경업 앞으로 끌려왔다.

임경업은 생각에 잠겼다. 그의 시선이 흙먼지가 일어났던 곳을 응시하고 있었다. 도대체 무엇이었을까? 무엇이 자신을 도왔던 것일까? 때마침 일어난 지진이었을까? 이유야 어쨌든 그로 인해 이 전쟁에서 승리할 수 있었다.

임경업에게 붙잡힌 가달의 모습은 초라하기 그지없었다. 방금 전까지 용감무쌍했던 모습은 온데 간데 사라지고 없는 것이다. 가달은 눈물을 흘리며 용서를 구하고 살려달라며 애원했다. 임경업은 기운이 빠지는 것을 느꼈다.

"그렇게 용감해 보이던 네놈도 죽음 앞에서는 어쩔 수가 없구나. 가거라! 오랑캐는 오랑캐일 뿐. 너의 인생을 살아라. 또다시 나와 마주하게 된다면 그때는 가차 없이 네 목을 베리라."

가달은 머리를 한 번 조아리고는 재빨리 자리를 떴다. 죽음에서 살아난 자의 모습이 실로 애처로워 보였다.

모든 상황을 보고받은 호 나라 임금은 임경업의 용맹함과 지략, 그리고 가달에게 베푼 넓은 아량을 입에 침이 마르도록 칭찬했다. 그는 임경업을 위해 성대한 잔치를 베풀어 주고 며칠을 더 머물게 하며 극진히 대접했다. 사실상 임경업의 능력을 높이 사 그를 곁에 두고 싶은 마음이 간절했다. 그러나 그를 붙들만한 마땅한 명분이 없어 결국 명나라에 돌려보낼 수밖에 없었다. 임경업이 승전보를 가지고 명나라로 돌아오자, 명나라 임금은 그 공을 크게 치하하며 기뻐했다.

"조선에 이토록 훌륭한 장수들이 있다는 사실을 몰랐구나! 참으로 대단하다."

명나라 임금은 훌륭한 장수들이 있는 조선과의 외교를 더욱 탄탄히 할 것을 약속했고, 이시백과 임경업은 임무를 성공적으로 완수하고 고국으로 돌아갔다.

한편, 그들이 조선으로 돌아갔다는 소식을 들은 호 나라의 임금은 탄식하며 말했다.

"이시백과 임경업이 있으니 조선의 힘은 여전하겠구나. 조선을 쳐서 항복을 받으려던 내 계획은 어찌한단 말인가? 오히려 오랑캐들로 인해 조선의 도움까지 받았으니 어찌할꼬."

그 말을 듣고 있던 공주가 아버지를 위로하며 말했다.

"아버님, 염려 마십시오. 제가 조선으로 가서 이시백과 임경업을 죽이고 오겠습니다."

평소 딸에게 암살자로서의 재능이 있다는 것을 알고 있던 호 나라 임금은 공주의 말에 기뻐했다. 그리고 공주를 남자로 변장시켜 조선으로 보낼 계획을 세웠다. 호 나라 임금의 아내이자 공주의 어머니인 왕비는 공주가 계획을 잊지 않도록 자세하게 일러주고 가르쳤다.

"먼저 조선 땅에 도착하거든 의주와 평양 등지에서 조선의 언어와 생활 습성을 배우고 터득하여 조선인처럼 말하고 행동할 수 있도록 하여라. 그다음 서울에 가서 이시백을 죽이고, 돌아오는 길에 의주에 들려 임경업을 죽이고 돌아오는 것이야."

호 나라 공주는 아껴두었던 칼 한 자루를 준비했다. 그 칼은 평범한 칼이 아닌 주술이 걸려있는 칼로, 주인이 위급한 상황에 이르면 스스로 주인의 몸을 지킨다는 말이 있었다. 본래 그 칼의 주인은 사마인이라는 이름을 가진 자였다. 그는 왕의 명령을 따라 중국의 전역을 돌아다니며 불로초를 찾아 여행 중인데 가끔 대궐로 돌아와 신기하고 진귀한 선물을 주곤 했다. 공주는 왕과 왕비에게 인사를 하고 길을 떠난 지 며칠이 지난 후에야 조선에 이르렀다. 그리고 계획대로 의주에 들려 그곳에 머무르면서 그들의 언어와 풍습을 익혀 마치 조선인처럼 보이도록 연습했다.

5. 여인천하

하루는 박 씨가 이시백에게 말했다.

"내일 저녁쯤 설중매라는 이름의 여자가 강원도 원주에서 왔다고 하면서 찾아올 것입니다. 혹시라도 그 여자의 유혹을 이기지 못한다면 큰 변을 당하게 될 것이니, 그녀를 만나시거든 제게로 먼저 보내주세요. 그렇게만 하시면 화를 면하게 될 것입니다."

아내의 말에 이시백은 섭섭한 기색을 보이며 자신 있게 대답했다.

"그런 염려는 당치도 않소. 내 어찌 당신을 두고 계집에 마음을 둔단 말이오."

오래전에 이시백이 박 씨 부인을 외모로만 평가했던 적이 있던 터라, 박 씨는 혹여나 그가 충고를 잊을까 봐 다시 한

번 당부하는 것을 잊지 않았다.

"서방님을 믿습니다. 부디 그녀가 찾아오거든, 제가 있는 초당으로 보내주십시오."

"알겠소. 그리 하겠소."

다음 날 저녁, 식사를 마치고 한가로이 시간을 보내던 그때, 돌쇠가 이시백을 찾았다.

"어르신, 손님이 왔습니다."

돌쇠가 손님을 안내하고 돌아가는데, 손님을 확인한 시백은 자신의 눈을 의심했다. 그 모습이 실로 아름답기 그지없었다. 박 씨 못지않은 예쁜 용모에 다소곳한 모습이 시백의 마음을 흔들기에 충분했다.

"무슨 일로 오셨소?"

그녀는 다소곳이 인사한 후에 말을 이었다.

"저는 강원도 원주에 사는 설중매라고 합니다. 상공의 훌륭한 명성이 나라 곳곳에 널리 퍼져있기에 한 번 만나 뵙고 싶어 이렇게 찾아왔습니다."

그녀의 아름다움에 흠뻑 빠져있던 시백은 그녀가 강원도 원주에서 왔다는 말을 듣고, 문득 어젯밤 아내의 말이 떠올라 의연한 자세를 유지하며 말했다.

"그리 칭찬해주니 감사합니다만, 내 지금은 해야 할 일이 있어 좀 기다려야겠소. 저쪽으로 가면 초당이 있을 것이니 그곳이 좋겠소."

시백은 때마침 계화가 그곳을 지나고 있는 것을 발견하고 계화를 시켜 그녀를 초당으로 안내하도록 명령했다. 계화는 박 씨의 분부에 따라 그곳에서 설중매를 기다리고 있던 터였다. 계화가 초당의 빈방으로 설중매를 안내하자, 그녀는 편안한 자세로 시백을 기다렸다. 잠시 후, 방의 문이 열리고 누군가가 들어왔다. 설중매는 그가 시백이 아닌 것을 확인하고 놀라며 자세를 고쳐 앉았다.

"들자 하니 먼 곳에서 손님이 오셨다기에 상공이 오시기 전까지 제가 술 동무가 되어드릴까 해서 들어왔습니다."

"아이고, 저는 술을 하지 못합니다."

설중매는 깜짝 놀라며 극구 사양했지만, 박 씨가 술잔에 직접 술을 따라 권하자 더 이상 거절하지 못하고 잔을 받아 술을 마셨다. 그렇게 마시기를 여러 잔, 설중매는 서서히 올라오는 술기운에 몸을 가누지 못하고 자리에 쓰러져 잠이 들고 말았다. 그녀가 곯아떨어진 것을 확인한 박 씨는 그녀의 몸을 뒤져 감추어져 있던 단도를 하나 찾아낼 수 있었다. 박 씨가 단도를 집으려는 그때, 박 씨는 단도가 스스로 몸을 움직여 손에서 빠져나가는 것을 확인하고 재빨리 얼굴을 돌렸다.

'쉬쉬쉭!'

갑자기 날아든 단도는 박 씨의 얼굴과 어깨 사이를 스치며 지나갔다. 그 순간, 어깨를 감싸고 있던 옷이 잘리면서 잘린 틈 사이로 박 씨의 어깨가 드러났다. 다행히 상처를 입지는 않았다. 박 씨는 재빨리 방어자세를 취하며 공중에 떠다니는 단도를 경계했다.

'어검술?'

도술인가? 손을 대지 않고 사물을 움직이는 것은 도술로나 가능하다. 그중에서도 칼을 공중에 띄워 마음대로 움직이게 하는 어검술은 뛰어난 도술능력을 필요로 했다. 박 씨는 단검이 궤도를 바꾸는 사이, 재빨리 설중매의 모습을 확인했다. 그녀는 세상모르게 잠이 들어 있었다. 이상하다. 도술을 사용하고 있을 그녀가 술에 취해 잠을 자고 있다니. 정신을 잃고 쓰러져 있는 설중매가 칼을 조종하고 있을 리 없었다.

박 씨는 계속해서 날아드는 단도를 피하며 술상에 있던 잔을 들어 던졌다.

'픽!'

날아다니던 단도가 술잔과 부딪치며 움직임을 바뀌는 것을 확인할 수 있었다. 박 씨는 술상에 있던 잔과 접시를 차례차례 던져 단검의 궤도를 바꾸고 속력을 줄여갔다. 그렇게 단검이 힘을 잃는 것을 확인한 박 씨는 재빨리 술병을 들어 그 안에 단도를 가두고 입구를 막았다. 술병 안에 갇힌 단도는 이리저리 움직였지만 힘을 쓰지 못했다.

방 안이 소란스러운 것을 듣고 놀라서 뛰어 들어온 계화가 박 씨의 안위부터 살폈다.

"아씨, 괜찮으십니까?"

박 씨는 술병에 귀를 기울이고 있었다. 단검이 술병 안에 봉인된 것을 확인한 그녀는 뒤늦게 대답했다.

"괜찮다. 아무래도 설중매는 우리가 예상했던 것보다 더 많은 준비를 했나 보구나."

박 씨는 계화에게 날아다니는 칼에 대한 이야기를 해주었다. 도술을 부리는 자가 의식이 없는데도 불구하고 사물이 홀로 움직이는 것은, 사물에 도술이 아닌 사악한 힘이 깃들어 자신의 존재를 스스로 드러낸 것이라고 했다. 박 씨는 단도가 빠져나오지 못하도록 술병을 바닥에 거꾸로 세우고 주문을 외웠다. 주문을 마치자 술병은 폭발했다. 그 안에 있던 단도는 힘을 잃고 바닥에 떨어졌다. 박 씨는 자세를 풀고 숨을 고르게 쉬며 안정을 취했다. 그동안 계화는 바닥에 뒹구는 단검을 집어 살펴보았다. 단검의 날에는 어느 단검에서 볼 수 없는 기이한 글자가 질서정연하게 새겨져 있었다. 계화는 단검을 박 씨에게 넘긴 후에 어지럽고 지저분해진 방을 깔끔하게 정리하고 밖으로 나갔다. 나머지는 박 씨가 알아서 할 일이다. 술에서 깬 설중매가 박 씨 부인과 싸워 이길 리 만무하므로 별다른 걱정은 하지 않았다.

설중매는 날이 밝은 후에야 잠에서 깼다. 숙취가 아직 가시지 않은 탓에 애써 정신을 차리려는데 눈앞에 박 씨 부인이 있었다. 박 씨 부인은 단도를 손에 쥔 채 설중매를 노려보고 있었다. 설중매는 그녀가 들고 있는 단도의 모양새가 익숙한 고로 혹시나 하는 마음에 가슴 속에 넣어두었던 단도를 찾았지만 역시나 찾을 수 없었다. 그 단도는 분명 자신의 것이었다.

박 씨 부인이 설중매를 향해 물었다.

"너는 어디에서 왔느냐?"

설중매는 당황하지 않고 흐트러진 자세를 바르게 유지하며 대답했다.

"저는 강원도 원주에 사는 계집으로 어려서부터 부모님을 잃고, 먹고 살 길이 막막하여 기생이 된 고로 상공의 명성을 듣고 도움을 얻고자 이곳을 찾았습니다."

그녀의 답변에 박 씨의 눈빛이 매섭게 변했다.

"그렇다면 품속에 감추고 있던 이 칼의 용도는 무엇이냐?"

"홀로 먼 길을 여행하려니 험한 일을 당할까 두려워 칼을 지니고 다녔지요."

박 씨 부인은 자리에서 벌떡 일어나 화를 내며 소리쳤다.

"네년이 진정 나를 기만하려 드는 것이냐? 너는 호 나라의 공주, 기룡대가 아니더냐?"

정체가 탄로 난 설중매, 아니 기룡대는 그제야 앉은 자세를 바꾼 후에 무릎을 꿇고 머리를 숙였다.

"잘못했습니다. 이번 한 번만 용서해주신다면 다시는 조선 땅을 밟지 않겠습니다."

"그 말이 사실이렷다? 너를 불쌍히 여겨 이번 한 번만은 용서를 해줄 터이니 지체하지 말고 당장 네 나라로 돌아가라."

기룡대가 용서를 구하자, 박 씨 부인은 너그러운 마음씨를 보였다. 기룡대는 자신의 짐을 주섬주섬 쌌다. 그리고 밖으로 나서려는데 초당 뜰에 들어서자 걸음을 멈추었다. 갑자기 찬바람이 부는가 싶어 주변을 돌아보니 사방이 온통 절벽과 낭떠러지로 가득했다. 기룡대는 그나마 보이는 벼랑길로 움직이려 했지만, 걸음을 내딛으려 할 때마다 절벽이 무너지고 낭떠러지가 움직여서 옴짝달싹할 수가 없었다. 기룡대는 절망했다. 필시 이곳에서 죽게 될 것이라는 생각이 들자, 호 나라에 있을 부모님의 모습이 떠오르며 하염없이 눈물이 흘렀다. 그녀는 자리에 털썩 주저앉아 탄식했다.

"호 나라의 공주, 기룡대가 이시백의 집에 와서 죽게 되는구나!"

그때 기룡대가 눈물을 훔치며 앞을 바라보는데 낭떠러지 위에서 사람이 걸어 내려오는 것을 볼 수 있었다. 그녀는 낭떠러지의 벽을 발판 삼아 걷고 있었는데 그 모습이 신기하여 자세히 보니 박 씨 부인임을 알 수 있었다. 기룡대는 박 씨 부인을 알아보고 통곡하며 말했다.

"부인께서는 제게 지체하지 말고 본국으로 돌아가라고 하시더니, 무슨 이유로 갑자기 마음이 바뀌어 사방을 절벽과 낭떠러지로 막아 저를 죽이시려는 겁니까?"

박 씨는 코웃음을 치며 말했다.

"내가 이미 너의 계획을 알고 있는바, 이대로 너를 보낸다면 너는 돌아가는 길에 임경업 장군님에게 들려 그를 암살하려는 계획이 아니더냐. 그래서 네년에게 나의 능력을 보여 주어 다시는 조선을 얕잡아보지 못하도록 함이다. 너는 본국으로 돌아가거든 호 나라 임금에게 이곳에서 있었던 일을 상세히 아뢰라."

박 씨가 말을 마치자 기룡대는 머리를 끄덕였다. 박 씨는 곧 주문을 외웠고 하늘에 있던 구름이 녹아내려 바닥에 깔렸다. 안개처럼 바닥에 깔린 구름은 어느새 기룡대의 발목을 감싸는가 싶더니 눈 깜짝할 사이에 호 나라가 있는 방향으로 그녀를 던져버렸다. 기룡대는 머지않아 호 나라에 도착했는데 궁궐 뜰 안에 다다르자 서서히 낙하 속력이 줄어들어 살포시 바닥에 내려올 수 있었다.

이시백과 임경업을 죽이겠다며 떠난 공주가 하늘을 날아서 돌아오자, 호 나라에서는 난리가 났다. 그중에서도 그녀의 아버지인 호 나라 임금이 크게 놀란 것은 당연한 일이다. 기룡대는 조선에서 있었던 모든 일을 상세히 알렸다. 이야기를 듣는 임금과 그의 신하들은 경악을 금치 못했다. 이시백과 임경업을 통해 조선의 장수들이 뛰어난 것은 익히 알고 있었으나, 조선의 여성들까지 그러한 도술이 가능한 것을 알게 되니 두려움이 엄습했다. 조선을 이대로 둔다면 그들이 중국 전역을 삼키는 것도 시간문제 같았다. 임금은 신하들을 불러 의논했다.

"우리 호 나라는 조선이 우리에게 얼마나 위협이 되는 나라 인지를 지켜봤다. 이대로 둔다면 조선의 힘은 더욱 막강해질 터. 그 전에 조선을 쳐서 항복을 받아야만 한다. 누가 나의 명을 받들어 큰 공을 세우겠는가?"

그러자 그곳에 있던 용골대와 용홀대 형제가 임금 앞으로 나아가 말했다. 그들의 목소리에는 자신감이 흘러 넘쳤다.

"조선의 얄팍한 도술로는 우리 형제를 감당하기 어려울 것 입니다. 저희에게 군사를 주신다면 조선의 항복을 받아내겠 습니다."

호 나라 임금은 크게 기뻐하며 두 장군에게 군사 3만 명을 주고 조선을 치도록 명령했다.

"너희는 군사를 거느리고 동쪽에 있는 요동을 거쳐 병자년 (1636년) 12월 28일에 조선의 서울, 한양을 치도록 하라!"

호 나라 임금의 명령을 받은 용골대 형제는 군사들을 훈련 시키고, 때를 살펴 적절한 시기에 조선으로 출발했다. 그들의 사기는 하늘을 찌르고 있었다.

그 무렵, 하늘에 기도를 올리던 박 씨 부인은 불길한 기운이 조선의 하늘에 머무는 것을 보고 남편 이시백에게 말했다.

"호 나라의 기운이 조선으로 향하고 있으니, 12월 28일 쯤에는 서울에 도달할 것입니다. 그 기운이 너무나 강대하니, 그 날을 기억했다가 임금님을 모시고 남한산성으로 피신하도록 하세요. 뒷일은 제가 맡아 수습하도록 하겠습니다."

시백은 내심 박 씨의 진지한 모습에 긴장하며 말했다.

"당신의 도움으로 우리의 미래를 알 수 있으니 이 또한 기회가 되지 않겠소? 그에 대비해 준비를 철저히 한다면 조선이 그렇게 쉽게 무너질 리가 없소. 내가 북방의 경계를 더욱 견고하게 하도록 건의하겠소."

이시백은 곧 의주에 있는 임경업에게 편지를 보낸 후에 적군을 막는 일에 전념을 다 했다. 이시백의 편지를 받은 임경업은 시백과 박 씨의 말을 믿고 당장 한양으로 가고 싶었으나, 임금의 명령도 없이 마음대로 의주를 비워둘 수가 없어서 임금 곁에 있을 수 없음을 한탄했다.

때가 이르자, 박 씨 부인의 예언은 잔인하리만치 맞아 떨어졌다. 용골대 형제는 의주에 임경업 장군이 있다는 정보를 수집하고 의주를 피해 함경도로 돌아서 진군해왔는데, 이시백의 노력에도 불구하고 조선의 방어는 허술하게 뚫리며 문을 열어주고 말았다. 또한 호 나라 군사들이 소식을 알리는 봉화를 틀어막으며 워낙 빠르게 진군하니 그 빠르기가 소식을 전하는 병사보다 빨랐다. 그로 인해 인조는 자신의 나라가 침략당하고 있다는 사실조차 알지 못했다.

이시백은 부인이 알려준 날이 다가오자 인조에게 아뢰었다.

"제 아내의 말에 의하면 이달 28일이 됐을 때 호 나라의 군대가 조선을 침략하여 한양에 당도한다고 하니 전하께서는 속히 남한산성으로 피신하시어 옥체를 보존하시길 바랍니다."

평소에 사리가 분명하고 충성이 갸륵함을 알고 있던 이시백의 말에 임금은 의심조차 하지 않고 피난을 떠나려 했다. 하지만 옆에서 이야기를 듣고 있던 영의정 김자점을 비롯한 여러 대신이 이시백을 시기하며 말했다.

"참으로 어이가 없소! 대신은 한낱 집 안의 일이나 돌보는 아녀자의 말을 따르라는 것이오! 어찌하여 전하를 당치도 않는 이유로 움직이려 하는가!"

이시백은 물러서지 않았다.

"신의 아내는 뛰어난 도술과 점술을 겸비한 여인으로서 그 신명함이 나라의 안위를 모두 살피고도 남습니다. 그 신명함을 늘 눈으로 봐온 저이기에 목숨을 걸고 전하께 말씀드리는 바입니다!"

"전하께 아뢰옵니다. 이시백은 나라가 평화로운 때에 나랏일이라곤 조금도 알지 못하는 여자의 말만 듣고 전하의 마음을 어지럽히려는 수작을 부리는 줄로 아뢰오!"

대신들끼리 논쟁이 붙자 인조는 이러지도 저러지도 못하는 상황에 빠지고 말았다. 그렇게 시간이 흐르며 아무런 결정도 내리지 못하던 그때, 불현듯 하늘에서 문이 열리고 한 여성이 나타났다. 그녀는 무척이나 아름다운 선녀처럼 보였다. 그녀의 손에는 커다란 칼이 하나 들려 있었는데, 능히 사내들을 위협하고도 남을 기운이 서려 있었다. 그녀는 칼을 땅으로 향하고 인조의 발 앞에 엎드려 절을 한 후에 입을 열었다.

"소녀는 이시백의 부인 박 씨의 몸종 계화입니다. 주인 아씨가 제게 이르기를 지금 전하께서 간사한 김자점의 말을 들으시고 머뭇거리실 테니 빨리 가서 남한산성으로 피신하시도록 도우라고 지시하여 이렇게 찾아왔습니다."

계화가 말을 마치고 칼을 칼집에 꽂자 계화의 말을 듣고 있던 김자점이 얼굴을 붉히고 말을 더듬으며 크게 꾸짖었다.

"네 이년! 여, 여기가 어디라고, 감히 누구 앞에 와서 함부로 입을 놀리느냐!"

김자점이 열을 올리자 평소에 그의 덕을 보고 있던 간신들도 저마다 계화를 나무라며 외치기 시작했다.

"본디 조선의 국왕은 하늘과 맞닿았는데, 저 계집은 마치 자신이 하늘의 사람인 듯 속여 전하의 눈을 현혹하였으니, 전하를 모욕한 것이나 다름없습니다. 부디 계집의 말을 따르지 마옵소서!"

그들의 말을 듣고 있던 계화는 분노를 참지 못했다. 때마침 옆을 보니 열린 창문 밖으로 망주석이 보였다. 그녀가 편전 밖의 망주석으로 다가가 두 팔로 끌어안고 힘을 쏟아부으니, 돌로 만들어진 망주석이 바닥에서 힘없이 뽑혀 나왔다. 계화는 그것을 가볍게 들고 김자점과 간신들을 위협하며 큰 소리로 외쳤다.

"한 시가 급한 가운데 너희 간신배들이 전하의 마음을 흐리게 하니 두고 볼 수가 없구나! 당장 물러가지 못할까!"

김자점과 간신들은 그 놀라운 힘 앞에 아무도 나서지 못하고 눈치만 살폈다.

인조는 눈앞에 벌어진 광경에 입이 벌어질 지경이었다. 힘꽤나 쓴다는 장수도 혼자서는 들지 못할 망주석을 가볍게 휘두르는 그녀의 말을 믿지 않을 수가 없었다. 인조는 이시백을 향해 물었다.

"저 여인이 진정 박 씨 부인의 몸종이 맞는가?"

"그렇사옵니다."

인조는 그녀가 박 씨 부인의 몸종인 것을 확인하자 남한산성으로 피난 갈 것을 결심했다. 몸종인 계화가 도술을 부리는 것이 저 정도이니 박 씨 부인의 도술은 의심할 여지가 없었다.

인조가 남한산성에 다다를 때쯤, 빠른 속도로 진군하던 호 나라 군대가 한양을 들이닥쳤다. 그들은 수많은 백성을 죽이고 대궐 안으로 들어가 그곳에 있던 관리들을 살육했다. 소식을 들은 임금은 박 씨 부인의 예지에 감탄하면서도 백성들을 생각하며 부끄러워하고 안타까워했다.

대궐까지 점령한 호 나라의 장수 용골대는 인조가 보이지 않자 조바심이 일어났다. 조선의 왕을 잡지 못하면 이번 침략도 소용없기 때문이었다. 오히려 조선의 화만 돋워 반격을 당할 수도 있는 상황이다. 다행히 인조가 남한산성으로 도망쳤다는 정보를 입수할 수 있었다. 용골대는 동생인 용흘대에게 서울을 지키게 하고 자신은 기동력이 좋은 기병대를 이끌어 남한산성으로 향했다. 반드시 인조를 잡아야만 했다.

호 나라 기병대는 기동력이 뛰어났다. 드넓은 대지에서 말을 달리던 그들에게 가장 큰 자랑거리 중의 하나가 바로 기동대다. 그들은 평소보다 빠른 속력으로 말을 달렸고, 오래 걸리지 않아 목적지까지 당도할 수 있었다. 남한산성에 도착한 용골대는 성문을 막고 큰 소리로 외쳤다.

"단 한 번 싸워보지도 못하고 도망친 비겁한 놈들 같으니, 너희들은 이미 죽은 목숨이나 다름없다! 죽기 싫다면 당장 문을 열고 항복하지 못할까!"

성 안쪽에서 용골대의 외침을 듣고 있던 인조는 안절부절 못 했고, 옆에서 지켜보던 이시백이 위로하니 애통함에 눈물이 절로 나왔다. 그저 하늘을 바라보며 탄식했다.

"하늘도 무심하구나! 조선의 역사가 나의 때에 이렇게 몰락할 줄을 누가 알았는가?"

용골대는 인조가 항복할 기색을 보이지 않자, 가슴을 치며 안달했다. 결국 성질 급한 용골대가 공격을 명령했다. 호 나라 군대는 가져온 공성무기가 없었기 때문에 성문을 부수지는 못했다. 조선을 빠르게 침략하기 위해서는 빠른 기동력이 필요했는데 덩치가 크고 이동하기 힘든 공성무기는 방해만 될 것이라는 판단에서 애초에 가지고 오질 않았다. 성문을 부술 수 없다는 판단이 서자, 기병대는 말에 싣고 있던 사다리를 꺼내 성벽에 기대었다. 사다리가 놓인 곳을 확인한 호 나라 병사들은 성벽을 오르기 시작했다. 몇몇 조선군이 성벽 위를 뛰어다니며 사다리를 밀어내고 돌을 던졌으나 밑에 있던 호 나라 병사들이 총과 활을 쏘아대서 그마저도 어려웠다. 성벽에 오른 호 나라 병사들은 남한산성을 이미 장악한 것이나 다름없었다. 높은 곳에서 낮은 곳을 내려다보며 총과 활을 쏬다. 무방비 상태로 놓인 조선군과 백성들은 허수아비처럼 쓰러져갔다. 처참한 광경을 지켜보던 임금님은 분통이 터져 가슴을 쳤다.

그때였다. 하늘에서 울리는 소리가 있었다. 이시백은 임금에게로 가서 그 사실을 알렸다. 인조는 그 소리에 귀를 기울였다.

"전하께서는 근심을 거두소서. 지금 바로 호 나라와 화친하는 글을 써서 용골대에게 주신다면 용골대는 세자들을 볼모로 데려가고 난리는 곧 끝날 것입니다. 이 난리는 하늘의 계획에 있는 것이니 참고 기다리셔야만 합니다."

하늘로부터 들려오는 소리는 여자의 목소리였다.

"말씀을 올리고 있는 저는 이시백의 아내입니다. 이미 들으신 대로 제게는 신묘한 도술이 있어 나가서 싸운다면 호 나라 군대를 가볍게 물리칠 수 있을 것이나, 하늘의 뜻을 어긴다면 더 큰 화가 조선에 미칠 것이니 어쩔 도리가 없습니다."

임금은 하늘을 바라보며 물었다.

"저들이 세자들만 데려갈 것을 어떻게 확신하는가?"

"용골대는 조선을 정복하러 온 것이 아닌 항복을 받으러 온 것입니다. 그 이유는 조선의 힘이 두렵기 때문이지요. 용골대도 조선의 반격을 두려워하고 있습니다. 놈에게 항복의 뜻으로 세자들만 볼모로 넘겨준다면 그들은 신속하고 조용하게 본국으로 돌아갈 것입니다. 만약, 이번 전쟁을 통해 저들이 조선의 항복을 받아내지 못한다면 호 나라에 있는 거의 모든 병사들이 조선을 침략할 것입니다. 그때는 나라가 멸망하게 되는 것이나 다름없습니다. 명심하십시오. 이번에 쳐들어온 저들의 군사 3만 명은 호 나라가 보유하고 있는 모든 병사들 중에 극히 일부분임을 말입니다. 훗날의 더 큰 화를 피하기 위해서라도 그보다 작은 손해는 감내하소서."

인조는 감탄을 금치 못했다. 첫째는 하늘에서 목소리가 들리는 박 씨 부인의 도술 때문이오, 둘째는 여자라고 생각하기에는 참으로 지혜롭고 훌륭한 대처방법이었기 때문이다. 나랏일은 남자들이 하는 것이 당연하리라 믿었던 인조는 크게 깨달은 바가 있었다. 인조는 박 씨의 말대로 항복을 뜻하고 화평을 원하는 글을 써서 용골대에게 주었다. 그러자 용골대는 거짓말처럼 공격을 멈추었다. 그리고 별다른 말없이 3명의 세자를 데려가려고 하다가 세자들을 돌볼 사람이 필요하다는 핑계로 왕대비까지 데려가는 조건을 내세워 왕대비까지 취한 후에야 광주에서 물러났다. 모든 것이 박 씨 부인의 예견대로 이루어지고 있었지만, 세자들만 데려간다던 말은 틀린 것처럼 보였다.

한편, 박 씨 부인은 남한산성으로 미처 피하지 못한 충신들과 모든 친척에게 연락하여 그들을 피화정에 숨겼다. 화를 피하는 정자라는 뜻을 가진 피화정은 애초에 이 모든 것을 예견하고 만든 초당이었다. 피화정으로 몸을 숨긴 이들은 조금도 해를 입지 않았다.

용골대가 광주에서 조선의 항복을 받아 돌아오던 무렵에는 동생 용홀대가 서울을 점령한 채 민가를 약탈하고 있었다. 신이 난 호 나라 병사들은 이곳저곳을 들쑤시며 뛰어다녔다. 용홀대는 병사들을 지휘하며 돌아다니다가 이시백의 집 근처에서 발걸음을 멈췄다. 그 옆에 있는 초당과 뜰이 너무나 아름다워 발걸음을 옮길 수가 없었던 것이 그 이유다. 뜰 안의 경치를 구경하던 용홀대의 시선은 곧 초당에 앉아 있는 한 여인에게 머물렀다.

'이토록 아름다울 수가!'

용홀대는 초당에 앉아 있는 그녀에게 순식간에 마음을 빼앗기고 말았다. 그녀의 미모에 흠뻑 빠져버린 용홀대는 주변의 병사들을 모아 초당의 문을 부수고 안으로 들어갔다. 본국으로 돌아갈 때 그녀를 끌고 가려는 속셈이었다. 그런데 문간을 지나자 또 다른 미모의 여인이 나타나 앞을 가로막으며 말했다.

"네 이놈! 너는 호 나라의 장수 용홀대가 아니더냐! 무엄하게도 남의 나라에 쳐들어와 짓밟은 것으로도 모자라, 남의 집까지 쳐들어와 못된 짓을 하려 하다니! 조용히 물러가서 형과 함께 본국으로 돌아가지 못할까!"

황당했다. 조선의 서울까지 점령한 호 나라의 장수가 조그만 계집의 말을 듣고 돌아갈 리가 없지 않은가?

"조그만 계집이 못하는 소리가 없구나! 네년을 당장 찢어 죽여주마!"

용홀대는 허리에 차고 있던 커다란 낫을 꺼내 들고 여인에게 다가갔다. 여인은 허리에 차고 있던 칼을 꺼내 들고 맞서 싸울 자세를 취했다. 주변에 있던 호 나라 병사들은 당연히 용홀대가 이길 것으로 알고, 웃고 즐기며 두 사람을 지켜봤다.

용홀대가 커다란 낫을 휘두르자 허공을 가르며 기괴한 소리가 울려 퍼졌다.

'휘웅!'

그러나 그의 낫은 여인에게 닿지 않았다. 또다시 그녀의 목을 노리고 낫을 휘둘렀지만 낫은 여인의 칼과 부딪쳤는데, 낫의 끝부분이 그녀의 눈앞에서 멈추어 있었다. 용홀대는 잠시 주춤거리며 한 걸음 뒤로 물러났다. 본능적으로 그녀가 예사롭지 않은 여인임을 직감했다.

"네, 네년의 정체가 무엇이냐?"

그녀는 자세를 가다듬은 후에 칼을 세우고 외쳤다.

"나는 이 댁 주인 아씨의 몸종, 계화다! 네놈이 이대로 물러나지 않는다면 네 머리가 그 몸에 붙어있지는 않게 될 것이다!"

용홀대는 주변을 돌아보았다. 아무것도 모르는 병사들이 깔깔대며 계화를 비웃는 모습이 눈에 보였다. 난감했다. 이대로 겁을 먹고 돌아선다면 그들의 대장으로서 체면이 서지 않았다. 용홀대는 식은땀이 흐르는 것을 느꼈다. 그러나 이내 마음을 가다듬고 공격을 시도했다. 용홀대의 공격은 낮을 이용하는 것으로 그 움직임이 거칠지 않고 부드러웠다. 어찌 보면 춤을 추는 모습과도 비슷했는데, 그러한 공격을 피하는 계화의 몸짓도 아름다워 주변에서 보기에는 마치 한 쌍의 남녀가 어우러져 춤을 추는 것처럼 보였다. 그 싸움을 유쾌하게 지켜보던 병사들은 점차 시간이 흐르면서 계화의 전투 실력이 만만치 않음을 비로소 느끼게 되었다.

"어라? 이거 뭔가 이상한데?"

"그러게, 왜 대장님 공격이 번번이 빗나가는 거지?"

병사가 질문을 던지던 순간, 그의 작은 목소리를 들은 계화가 싸움 중에 병사를 바라봤다. 전투 중에 시선을 돌린다는 것은 그만큼 대범한 행동으로 어지간한 강심장이 아니라면 할 수 없는 행위였다. 병사가 당황한 눈빛으로 계화를 바라보자, 계화는 그를 향해 미소를 지어 보였다.

"휙!"

병사는 화들짝 놀라며 주저앉았다. 놀라서 싼 오줌에 바지가 젖어가고 있었다. 온몸에 소름이 돋아 일어설 수 없었지만, 기어서라도 도망가야 한다는 생각이 들었다. 병사가 느끼기에 계화는 귀신이나 다름없었다.

용홀대는 공격에 탄력을 받으며 점차 공격속도를 올렸고, 그에 맞춰 계화는 빠르게 움직이다가 가슴을 노리고 들어오는 낫을 칼로 쳐내어 방향을 바꾸었다.

'깡! 픽!'

그와 동시에 시끌시끌하던 주변이 조용해졌다. 모두가 그 자리에서 얼어붙은 것 같았다. 그들의 시선은 용홀대에게로 향했다. 용홀대의 낫은 정확하게 그의 목을 절반쯤 파고들어 박혀있었다. 용홀대의 공격이 빠르게 들어오자 계화가 칼로 튕겨내 그 궤도를 바꾸었고, 용홀대는 궤도가 바뀐 자신의 낫을 막아내지 못해 목을 내놓게 된 것이다. 계화가 서서히 칼을 들어 목에 박힌 칼을 치니 용홀대의 목은 낫과 함께 바닥에 떨어지고 말았다. 그 모습을 지켜보던 호 나라 군사의 사기가 함께 떨어진 것은 물론이다. 호 나라 군사들은 누구라고 할 것도 없이 앞을 다투며 초당을 빠져나가기 시작했다. 몇몇 용감한 군사들이 칼을 들고 계화를 공격하려 했지만,

그녀가 태연하게 용홀대의 머리를 집어 드는 것을 보고 놀라 마음을 바꿔 도망쳤다.

계화는 용홀대의 머리를 들고 박 씨 부인을 향해 갔다. 박 씨에게 용홀대의 머리를 보여 주자, 박 씨가 말했다.

"저기 보이는 높은 나무에 그 머리를 매달아 놓아라. 남한 산성에서 돌아오는 용골대의 눈에 띄어, 놀랄 수 있도록 해야 하느니라."

계화는 초당 앞 대로변에서 가장 높고 큰 나무를 찾아, 가지를 향해 뛰어올랐다. 그 모습이 마치 나무를 오르는 다람쥐처럼 보이기도 하고, 가지를 뛰어넘을 때는 원숭이 같아 보이기도 했다. 나무 꼭대기에 오른 계화는 용골대가 잘 볼 수 있도록 그곳에 용홀대의 머리를 매달아 놓았다.

동생이 죽었다는 소식을 들은 용골대는 분노가 극에 달아 펄쩍펄쩍 뛰었다. 조선의 항복까지 받아내어 본국으로 돌아가기만 하면 되는 데 동생이 죽었으니 그 화가 오죽했으랴. 더구나 전쟁 중에 죽은 것도 아니고, 여인 하나 잡으러 갔다가 목이 베였으니 어디에 가서 동생의 죽음을 이야기하기도 창피한 일이었다. 용골대는 그 여인이 이시백의 부인, 박 씨인 것을 알아내고 초당으로 향했다. 초당 근처에 이르렀을 때 용골대는 동생의 머리가 나무 꼭대기에 매달려 있는 것을 보고 흥분을 감추지 못했다.

"당장 저 나무를 베어 머리를 내리지 못할까?"

호 나라 군사들은 용골대의 호통에 호들갑을 떨며 용홀대의 머리를 내렸다. 동생의 머리를 끌어안은 용골대의 눈은 금방이라도 터질 것처럼 빨갛게 달아올랐다. 그가 흘린 눈물은 마치 피가 흘러내리는 것처럼 보였다. 용골대는 화를 참지 못하고 초당의 문을 부수며 안으로 들어갔다. 뜰 안에는 한 여인이 화단 앞에 서 있었는데, 한눈에 봐도 그녀가 박 씨인 것을 알 수 있을 만큼 소문대로 아름다웠다. 화단의 꽃을 만지고 있던 박 씨는 의연한 모습으로 계화를 불렀다.

"계화야, 반갑지 않은 손님이 또 오셨구나. 네가 가서 손님을 맞되, 죽이지는 말고 겁을 주어 쫓아내거라."

박 씨가 서서히 걸어서 정자에 자리를 잡고 앉자, 정자 뒤에 있던 계화가 하늘로 높이 솟아올랐다. 용골대와 그의 병사들은 일제히 하늘로 솟아오른 계화를 쳐다보았는데, 바람에 옷을 휘날리며 낙하하는 모습이 하늘에서 선녀가 내려오는 것과 다르지 않았다. 하늘에서 내려온 계화는 용골대의 앞에 서며 큰 소리로 말했다.

"호 나라의 장수, 용골대는 들어라! 나는 네 동생과 마찬가지로 네놈의 목을 베어 호 나라 대궐 앞에 매달아 놓으려 했으나 우리 아씨께서 널 살려두기를 원하시니 당장 너희 나라로 돌아가라!"

계화의 말을 듣고 있던 용골대는 잠시 머뭇거리다가 물었다.

"그, 그 말인즉, 내 동생의 목을 벤 것이 네년이란 말이냐?"

"그렇다!"

계화의 기세에 눌려있던 용골대는 불현듯 솟아오르는 치기로 두려움을 이겨내며 무기를 꺼내 들었다. 그 무기는 언뜻 보면 칼처럼 보였으나, 두께가 매우 두터워 상당히 무거워 보였다. 평범한 이들보다 몇 배나 힘이 강했던 용골대는 그 칼을 가볍게 한 손으로 거머쥐었다. 계화는 용골대에게서 살기가 느껴지자 재빨리 방어자세를 취하고 공격에 대비했다. 용골대가 칼을 휘두르자 공기를 가르는 소리가 범상치 않았다.

'후-우-우-우-웅!'

계화는 가볍게 몸을 날려 공격을 피했다. 용골대의 무기가 무거워서 그만큼 위력이 강한 것은 사실이나 공격속도가 떨어져서 피하기는 어렵지 않았다. 약이 오른 용골대가 부하들을 향해 소리쳤다.

"저년을 붙잡아라! 저년의 머리를 묵사발로 만들어 버릴 테다!"

용골대의 명령에 호 나라 군사들은 다 같이 계화를 잡으러 뛰어다녔다. 그러나 손에 잡힐 듯 잡히지 않는 계화의 움직임에 모두가 우왕좌왕했다. 그 사이 계화의 움직임을 포착한 용골대가 계화의 허리를 노리고 칼을 휘둘렀다.

'후우우웅! 퍼거걱!'

용골대의 칼이 계화를 빗나가며 옆에 있던 병사의 어깨를 박살 내고 말았다. 어깨가 부서진 병사는 끔찍한 비명을 내질렀다. 그리고 어깨를 감싸 쥐며 바닥을 뒹굴었다. 용골대는 미안함보다 분노가 치솟았다.

"저년을 제대로 붙잡고 있지 못할까!"

병사들은 계화보다 용골대가 더 무서웠기 때문에 이리저리 뛰어다니며 계화를 잡으려 했다. 그들의 열심 때문이었을까? 결국 한 병사가 계화를 붙잡는 것에 성공할 수 있었다.

"대장님, 잡았습니다!"

용골대는 단숨에 달려와 눈을 번뜩이며 기다렸다는 듯이 칼을 휘둘렀다.

'부우우우웅! 퍼퍽!'

커다란 칼은 계화를 붙들고 있던 병사와 함께 계화를 두 동강냈고, 손맛을 느낀 용골대는 기쁨의 포효를 외쳤다. 계화의 상체와 하체가 분리되어 바닥을 뒹굴고 있었다. 그렇게 기쁨을 만끽하던 용골대는 주변의 시선이 이상한 것을 느끼고 바닥에 뒹구는 계화를 다시 살폈다.

"엥?"

참으로 황당했다. 방금 전까지 계화를 죽였다고 생각했는데, 바닥에 뒹굴고 있는 것은 자신의 병사들뿐이다. 순간 계화의 음성이 뒤에서 들려왔다.

"참으로 안타깝구나. 분노에 눈이 멀어 자신을 믿고 따르는 병사들까지 죽이다니."

용골대는 재빨리 뒤를 돌아보며 칼을 휘둘렀다. 또다시 무언가가 베여지는 것이 느껴졌다. 이 역시 확인해보니 자신의 병사였다. 상황을 지켜보던 병사들은 비명을 질러댔다.

"흐에에에엑!"

병사들이 서서히 용골대의 눈치를 살폈지만, 용골대는 아랑곳하지 않았다. 계화가 눈에 보이는 대로 칼을 휘두르고 있었다. 물론 그때마다 계화의 모습은 사라지고 수많은 병사들이 그의 칼에 베어 죽음을 면치 못했다. 남은 병사들은 용골대의 상태가 좋지 않은 것을 직감하고 하나 둘 도망치기에 이르렀다. 초당 밖에서 세자들과 왕대비를 붙들고 있던 병사들은 도망치는 전우들을 보면서도 초당 안의 상황을 알지 못해 난감해했다. 그야말로 이러지도 저러지도 못한 상황이었다.

얼마나 오랜 시간이 흘렀을까? 초당 뜰 안에는 호나라 군사들의 시체가 이곳저곳에 널려있었다. 그 중앙에는 용골대가 바닥에 칼을 세우고 그것에 의지한 채 서 있었는데, 숨을 헐떡거리는 것을 보니 상당히 지쳐 보였다. 어느새 다가온 계화가 용골대의 옆에 서서 속삭였다.

"나의 칼에 죽은 병사는 기껏해야 5명 남짓. 나머지는 전부 네 손으로 죽였구나."

용골대는 악에 받쳐 괴성을 지르며 소리가 나는 곳으로 주먹을 휘둘렀다. 그러나 이 역시 허공에서 목표를 잃고 헤맸다.

"애석하고, 애석하도다. 네 손에 죽은 네놈의 부하들이 이 땅에서 곡하노라."

계화는 용골대의 주변을 돌아다니며 약을 올린 후에도 그의 살기가 여전한 것을 보고, 주문을 외우기 시작했다. 곧 뜰 안에는 바람이 불었는데, 주문소리가 커지는 것에 따라 바람도 점점 거세져 이윽고 거대한 회오리가 작은 뜰 안에 있는 것만 같았다.

'쉬이이이이익! 쒜에에에엑!'

뜰 안에 있던 풀과 나뭇가지, 그리고 바닥에 떨어진 무기들이 바람에 날아다니며 춤을 추기 시작했다. 용골대는 거센 바람에 눈을 제대로 뜨지 못했다. 거센 바람에 몸을 지탱하기도 쉽지 않았다. 그러다가 어느 순간 눈을 떠보니 자신의 손에 죽은 병사들의 시체가 바람에 날려 자신의 주위를 떠도는 것을 확인할 수 있었다. 용골대는 비명을 질러대며 팔을 휘저었다.

"끄아아아아악!"

그제야 겁을 먹은 용골대가 바닥에 무릎을 꿇었다. 악몽과 같은 현실에 하염없이 눈물이 흘렀다. 고개를 숙이고 있던 용골대는 꽃신 하나가 자신에게로 다가오는 것을 볼 수 있었다. 얼굴을 들어 꽃신의 주인을 확인하니 바로 정자에 앉아 있던 박 씨 부인이었다. 모든 상황을 지켜보던 박 씨 부인이 그제야 정자를 내려온 것이다. 박 씨 부인은 용골대를 향해 말했다.

"너는 이대로 본국으로 돌아가되, 볼모는 세자들로 충분하니, 왕대비는 두고 가야 할 것이다."

입을 열 만한 힘조차 없어서일까? 용골대는 박 씨의 말에 고개를 끄덕였다. 박 씨는 용골대에게 편지 하나를 건넸다. 그것은 용골대가 이곳에 도착하기 전, 박 씨 부인이 계화를 시켜 미리 받아둔 인조의 편지였다.

"그리고 본국으로 돌아가는 길에 의주를 지나게 될 것인데, 의주에는 너희들이 상대하지 못할 임경업 장군님이 계시니 장군님을 뵙거든 이 편지를 전해라. 이 편지가 네 목숨을 살릴 것이다."

자리에서 일어난 용골대는 왕대비를 놓아주고 세자들만 대동한 채 자리를 떠났으니, 남한산성에서 예언한 그대로 모든 것이 이루어졌다.

임경업은 호 나라 군대가 서울을 점령했다는 소식을 듣고 분통을 터트렸다. 이미 시백을 통해 그들이 쳐들어올 것을 알고는 있었지만 싸우지도 못한 채 의주를 지키고 있는 것이 한스러웠다. 의주를 지킨들 서울을 잃으면 무슨 소용이란 말인가? 마음 한편으로는 오랑캐를 함께 무찌른 경험이 있던 호 나라가 자신과의 신의를 잊지 않고 돌아갔으면 했지만 그들이 막상 서울을 점령했다는 소식을 들으니 가슴이 터질 듯이 억울하고 배신감이 하늘을 찔러 미칠 지경에 이르렀다.

얼마 후, 서울의 항복을 받아내고 본국으로 돌아가는 부대가 의주로 향하고 있다는 소식을 들은 임경업은 전투태세를 갖추고 길목을 막았다. 그들을 만난다면 인정사정 볼 것 없이 쳐 죽여서 본국으로 들어가지도 못한 채 망령이 되게 하려 할 속셈이었다.

드디어 호 나라 군대가 나타나자 임경업은 말에 올라 어금니를 깨물었다. 호나라 군대의 가장 앞에서 말을 타고 있는 용골대가 눈에 들어왔다. 그 옆에는 기수가 따르고 있었는데 그가 들고 있는 깃발은 승리를 상징하는 것이었다. 임경업은 피가 거꾸로 솟는 것을 느끼며 말을 달렸다. 말의 속력이 이토록 늦다는 것을 처음 느낀 임경업은 채찍을 꺼내 말의 속력을 더욱 높였다. 그는 용골대와 가까워지자 들고 있던 채찍을 던져 버리고 옆에 있던 창을 들었다. 그리고 달리는 말 위에서 적장의 가슴을 조준하고 있는 힘껏 창을 던졌다.

'후우우우웅!'

창은 공기를 가르며 세차게 날아갔다. 그렇지 않아도 임경업이 지키고 있다는 의주에 도착하면서부터 겁을 먹고 있던 용골대는 날아드는 창을 보고 기겁을 하며 말에서 떨어졌다. 목표를 잃은 창이 옆에 있던 깃대를 분지르며 저 멀리 날아 갔다.

'털푸덕!'

말에서 떨어진 용골대는 다리가 부러지고 말았다. 더구나 부러진 뼈의 날카로운 부분이 그의 피부를 찢어서 뚫고 나와 통증은 배가 되었다.

"끄아아아악!"

용골대가 아픈 통증을 이겨내며 자리에서 일어나려 하자, 임경업은 허리에 차고 있던 칼을 빼내어 용골대에게 다가갔다. 임경업의 눈은 이미 이성을 잃은 듯이 보였다. 용골대는 가슴에 품고 있던 편지 하나를 꺼내서 두 손을 번쩍 들었다.

"장군! 장군! 이것을 먼저 보시오! 이 편지를 보시오!"

임경업은 용골대의 머리를 단칼에 베어 버리기 위해 칼을 번쩍 들었다. 그때였다.

"장군!"

임경업은 익숙한 목소리에 시선을 옮겼다. 세자였다. 3명의 왕자가 자신을 보고 있었다. 호 나라 군사들이 세자를 포로로 잡고 있었던 것이다. 임경업의 움직임에 따라 그들의 칼날은 세자를 죽일 수도 있었다.

"세자저하!"

임경업은 칼을 멈추고 눈물을 흘렸다. 그제야 임경업은 용골대가 건네는 편지 한 통을 볼 수 있었다. 편지는 인조가 직접 쓴 것으로, 이들이 호 나라로 돌아가야지만 화를 막을 수 있다는 내용이 쓰여 있었다. 임경업은 차오르는 분노를 애써 참아내며 세자들에게로 향했다.

"저하, 지금은 어찌할 도리가 없는 듯하옵니다. 허나 때가 된다면 반드시 제가 모시러 갈 터이니 조금만 참고 기다려주소서."

임경업은 흐르는 눈물을 닦아내며 그들의 떠나는 모습이 사라질 때까지 지켜봤다.

6. 하늘은 땅을 품고

그 후로 조선에는 평화가 찾아오고 백성들이 편안해지니 임금은 고생한 이들에게 벼슬을 내리기로 결심했다. 이시백을 세자사의 자리에, 박 씨 부인에게는 정경부인의 자리에 앉혀 그들의 애국심과 충성심에 보답했다. 또한 박 씨 부인의 피화정이 아름답다는 이야기를 듣고 그 옆에 집 하나를 세워 일가정이라고 이름을 붙였는데, 매년 봄이 되면 그곳을 찾아 꽃놀이를 즐겼다.

세자들이 호 나라에 포로로 잡혀간 지도 어느덧 3년이 되어가고 있었다.

하루는 박 씨가 새벽에 기도하다가 하늘을 살폈는데 임경업 장군의 별이 희미해지면서 암흑이 덮치는 것을 보고 깜짝 놀라 계화를 찾았다.

"계화야, 거기에 있느냐?"

박 씨가 기도하는 것을 기다리고 있던 계화가 그녀의 목소리에 놀라 대답했다.

"네, 아씨. 여기에 있사옵니다."

문을 열고 나오는 박 씨의 표정이 심상치 않음을 느낀 계화는 가슴이 두근거리는 것을 멈출 수가 없었다.

"임경업 장군님의 별이 어두워지는 것을 보니 아무래도 큰일이 일어날 것만 같구나."

순간 계화의 눈동자는 커지고 표정은 굳어졌다. 별이 어두워지는 것은 죽음을 의미하는 것과 같았다. 비록 병자호란 이후로 임경업 장군을 만날 수는 없었으나 계화의 마음은 변함없이 그를 그리워 해왔던 터다. 어쩌면 박 씨 부인도 그것을 알고 있기에 더욱 놀란 마음으로 계화를 찾았을 것이다. 계화의 두근거림은 더욱 커져 가슴이 폭발할 지경에 이르렀다. 계화는 떨리는 목소리로 물었다.

"어, 어찌해야 합니까? 아씨."

박 씨는 안쓰러운 표정으로 계화를 바라보며 말했다.

"사람의 명은 하늘이 정하는 것, 방법이 없구나."

나지막한 박 씨의 목소리였지만, 계화에게는 천둥소리처럼 크게 들렸다. 계화는 고개를 저었다. 하늘이 정하는 운명을 이대로 받아들일 수는 없었다.

"제가 그동안 갈고 닦은 도술로도 아무 소용이 없겠습니까? 이렇게 큰 힘을 가지고 있는데 사람 목숨 하나 살리는 것이 그리도 어려운 일입니까?"

계화의 두 눈에서는 이미 눈물이 흘러내리고 있었다. 그 모습을 바라보는 박 씨의 가슴이 아픈 것은 마찬가지다.

"임경업 장군에게 위험이 닥칠 것은 분명하나, 어느 때에 어떤 일이 생길지 도저히 알 수가 없구나. 안타까운 일이지만 하늘의 뜻이 너무나 확고한 터. 우리는 운명을 받아들여야만 하지 않겠느냐?"

그동안 박 씨 부인은 모든 일을 예견하고 그에 맞게 상황을 대처해왔지만, 임경업 장군에게 닥치는 암흑은 너무나 짙고 어두워 미래를 들여다보는 것이 불가능했다. 그것은 하늘의 뜻이 그만큼 확고하다는 뜻. 그 뜻을 거스르는 것이 가능할 리 없었다. 그러나 계화의 눈빛은 달랐다. 어느 때보다 강하게 빛나고 있었다. 박 씨는 계화의 눈을 피해 등을 돌렸다.

"너를 놓아줄 때가 되었나 보구나. 몸종으로 살아가던 네 인생은 여기까지다. 앞으로는 너의 인생을 살아가되, 도움이 필요하거든 언제든 찾아오너라."

계화는 박 씨의 뒷모습을 향해 크게 절하며 이마를 바닥에 붙였다.

한편 호 나라에서는 사신 하나를 보내 편지를 전했다. 인조는 편지를 받아 확인했다. 호 나라가 명나라와 다툼이 심해져 전쟁을 준비하고 있는데, 조선의 명장인 임경업을 빌려 달라는 내용이었다. 임금은 임경업을 호 나라로 보내는 것이 못마땅했다. 결정을 내리지 못하고 고민하던 순간에 한 신하가 임금 앞으로 나아왔다. 바로 간신 김자점이었다.

"전하께서는 전혀 염려하지 마옵소서. 호 나라가 명나라와 전쟁 중에 있다고는 하나, 명색이 대국일진데 대국의 청을 거절한다면 조선이 피해를 입을까 두렵습니다. 임경업 장군을 보내시어 그들의 조건을 들어주시고 태평성대를 이어가시길 바랍니다."

한때 간신으로 몰려 망신을 당했던 김자점은 이시백과 친한 임경업을 전쟁으로 보내어 죽일 생각이었다. 임경업이 죽는다면 이시백을 지지하는 세력이 약해질 것이라는 생각에서다. 그의 생각을 알지 못했던 인조는 김자점에게 물었다.

"그렇다면 명나라와의 관계는 어떡하라는 것이냐?"

김자점은 망설임이 없었다.

"명나라와 호 나라의 국력이 비슷하여 지금은 대립이 가능하나, 임경업이 호 나라 편에서 싸운다면 명나라는 무너질 것이고, 조선은 호 나라와의 우호를 유지하게 될 것입니다. 더구나 호 나라에는 세자저하가 있지 않습니까?"

김자점의 말에 일리는 있었다. 김자점이 물러간 후 임금은 임경업을 불렀다.

"나는 지금까지 명나라와의 친분을 유지해오던 터라 호 나라의 요청이 마음에 들지 않는구나. 그렇다고 세자들을 볼모로 잡고 있는 호 나라의 요청을 거절할 수도 없으니 어찌하면 좋겠는가?"

임경업은 이미 인조의 고민을 알고 있었다. 그동안 조선은 명나라와 화친하고 있었기 때문에 명나라를 공격하는 것이 마음에 걸리는 것일 테다. 순간, 임경업은 인조의 입술이 움직이는 것을 볼 수 있었고, 나지막하게 울리는 중얼거림을 듣게 되었다.

"김자점의 말을 따라야 하는 것인가?"

임경업은 김자점이라는 말에 화가 치밀어 올랐으나 입 밖으로 꺼내지는 않았다. 김자점은 간신으로 소문난 자로 자신의 이익이라면 앞뒤를 가리지 않는 영악한 인물이다. 평소에도 이시백과 박 씨가 늘 조심하라 일렀던 인물이기도 하다. 임경업은 자신이 조선에 없을 경우, 김자점이 인조를 꾀어 나라를 망칠까 두려웠다. 그러나 인조는 이미 결정을 내린 후였다.

결국 인조가 임경업에게 병사를 주며 명나라를 치라고 명령하자, 임경업은 이번 일을 최대한 빨리 끝내고 돌아와 인조 곁에 머물기로 결심했다. 그러기 위해서는 김자점의 계획대로 되면 안 된다. 명나라와 호 나라의 전쟁터 속으로 뛰어들어가면 위험하니, 어떻게든 전쟁을 피하고 목숨을 부지하여야만 한다. 임경업이 명나라를 공격하기 위해 떠나자, 그 뒷모습을 지켜보던 김자점이 중얼거렸다.

"임경업이 이번에 가면 조선 땅을 다시 밟지 못하리라."

조선을 떠난 임경업은 며칠이 걸려 명나라에 도착했다. 임경업의 머리 위에는 한 마리의 학이 날아다녔는데 그 학에는 계화가 타고 있었다. 명나라에 도착하자 호 나라 군대가 대궐을 둘러싼 채 진지를 구축하고 있는 것을 볼 수 있었다. 임경업은 병사 하나를 시켜 미리 준비한 편지를 명나라에 은밀하게 보냈다. 그동안 고민하다가 긴 여정 중에 쓴 편지였다.

편지를 받아든 병사는 호 나라 병사들에게 들키지 않게 산으로 이동했는데, 때마침 산속에서 매복하고 있던 호 나라 병사들이 그를 발견하고 뒤를 밟았다. 나무 위에서 상황을 지켜보고 있던 계화는 밟고 있던 나뭇가지를 발판삼아 날아올라 호 나라 병사들의 등 뒤로 착지했다.

'틱!'

"응?"

호 나라 병사들이 뒤를 돌아봤지만 그곳에는 아무도 없었다. 병사가 머리를 긁적이던 그때, 그의 그림자에 숨어있던 계화가 모습을 드러내 그의 입을 손으로 틀어막았다. 병사는 아무런 저항도 하지 못한 채 목이 비틀어져 숨을 거두고 말았다. 병사가 쓰러지는 소리가 들리자 그곳에 있던 다른 병사들은 각자의 무기를 꺼내 들고 뒤를 돌아보며 소리쳤다.

"웬 놈이냐?"

앞에서 길을 가고 있던 임경업의 병사는 그들의 목소리를 듣고 깜짝 놀라 뛰기 시작했다. 어느 누구에게도 들켜서는 안 되는 귀한 편지가 그의 손에 들려있었다. 서둘러 이동하던 그는 무사히 명나라 대궐에 도착할 수 있었다. 어느새 따라온 계화가 대궐로 들어가는 그의 모습을 보고 안도의 한

숨을 내쉬었다.

명나라를 지키고 있던 장수의 이름은 황자명으로 평소에 임경업 장군의 이름을 익히 들어 알고 있었기에 의심하지 않고 밀서를 받아 읽었다.

〈우리 조선은 국운이 불행하여 3년 전에 호란을 겪고 호 나라에 항복했습니다만, 왕자들이 볼모로 잡혀있기에 원한도 갚지 못하고 후일을 도모하던 중, 이제는 호 나라가 명나라를 치고자 하여 우리 국왕께 도움을 청하였으므로 제가 이 곳에 오게 되었습니다. 부디 명나라는 거짓으로 항복하고, 추후 저와 협력하여 호 나라를 쳐 멸하여 원수를 갚는 것에 도움을 주시길 바랍니다.〉

편지를 읽던 황자명은 임경업의 제안을 기꺼이 따르겠는 답장을 보냈다.

다음날, 임경업은 호 나라 군대가 볼 수 있도록 앞을 지나서 명나라 대궐로 향했다. 성문 앞에 도달한 임경업은 큰 소리로 외쳤다. 물론 호 나라 군대가 들을 수 있을 정도의 큰 목소리였다.

"겁도 없이 조선의 대장군인 임경업을 모르는구나! 명나라 는 어찌하여 나와 승부를 다투고자 하는가? 일찍이 항복하 여 살기를 도모하라!"

임경업의 목소리를 들은 장졸은 곧 황자명에게 이 사실을 알렸고, 황자명은 임경업 장군이 들어올 수 있도록 문을 열 라고 명령했다. 이내 굳게 닫혀있던 성문이 열려 임경업과 그 뒤를 따르던 조선군은 싸움 한 번 하지도 않은 채 성안으로 들어갈 수 있었다. 호 나라 부대는 멀리서 그 모습을 지켜보 며 상황을 살폈다.

임경업 장군을 만난 황자명은 크게 기뻐하며 이야기를 나 누었다. 임경업은 병자년의 원수를 떠올리며 울분을 토했고, 황자명은 임경업의 기분을 위로하며 호 나라로 보내는 거짓 항서를 만들어 주었다. 임경업은 거짓항서를 받아들고 호 나 라 진지로 가서 대장에게 넘긴 후에 함께 왔던 부대를 이끌 고 조선으로 돌아갔다.

호 나라 임금은 명나라의 항복을 받은 것을 기뻐하며 즐거 워했다.

"드디어 명나라의 항복을 받았다고? 참으로 대견하도다! 어떻게 명나라의 항복을 받아낼 수 있었느냐?"

임금이 물으니 항서를 전한 대장이 머리를 조아리며 대답했다.

"조선의 임경업 장군 덕분이었습니다."

"임경업? 역시!"

호 나라 임금은 임경업의 이름을 듣자 머리를 크게 끄덕였다. 조선에 그러한 장수가 있다는 것이 너무나 부러웠다. 그 순간 임금의 귀에 반가운 목소리가 들려왔다.

"안녕하십니까? 임금님. 사마인입니다."

임금은 사마인이라는 말에 자리에서 벌떡 일어나 그를 반겼다. 임금이 크게 기뻐하는 것을 보아 그를 아주 신뢰하는 것이 분명했다. 호나라 임금은 전설로만 전해지는 불로초를 찾기 위해 주술에 능하다는 사마인을 찾아 벼슬을 주고 온 세상을 여행 다닐 수 있도록 많은 지원을 아끼지 않았다. 그러한 그가 여행을 다니다가 오랜만에 호 나라 임금을 찾은 것이다. 그는 아직 불로초를 찾지 못했지만 불로초가 어딘가에 반드시 존재한다고 믿고 있던 터였다. 사마인은 인사를 마치자 하고 싶었던 말을 이어갔다.

"죄송하지만, 제가 황실의 법도를 어기고 알현 중에 끼어들어도 되겠습니까?"

"그래, 말해 보라."

사마인의 탁한 눈빛이 명나라 항서를 가져온 대장에게로 옮겨졌다.

"대장에게 묻겠습니다. 임경업 장군은 명나라와 어떻게 싸우던가요?"

대장은 임경업과 있었던 일을 낱낱이 말했다.

"제가 선봉이 되어 대궐 앞에 이르렀는데 큰 싸움을 앞두고 임경업 장군이 도착을 했습니다. 그리고 임경업 장군이 대궐 앞에 가서 큰 소리로 호령하니 황자명이 싸우지도 아니하고 문을 열어 항복했지요."

"그 대국인 명나라의 장수가 조선의 장수 한 명의 호령에 싸움 한 번 하지도 않고 투항을 했다? 참으로 이상한 일입니다. 또 다른 일은 없었습니까?"

사마인의 질문에 당황한 대장은 머뭇거리며 대답을 이어갔다.

"매복하고 있던 병사들이 돌아오질 않았습니다. 아마도 명나라 병사들에게 …."

"매복을 들켰다고요? 매복까지 발견한 명나라가 어찌하여 이리도 쉽게 항복을 한다는 말입니까?"

사마인의 말을 듣고 보니 이상한 일이었다. 사마인의 의심은 멈추지 않았다.

"더구나 명나라의 항서를 받자마자 호 나라에는 들리지도 않고 바로 조선으로 돌아가다니요? 우리나라의 목적을 위해 힘을 빌려준 장수의 행동으로는 수상하지 않습니까? 임경업 장군을 다시 불러 명나라의 항복을 확인받아야 할 줄로 아룁니다."

호 나라 임금은 수상함을 느끼고 분을 내며 사신을 보냈다. 며칠이 걸려 조선에 도착한 사신은 인조에게 편지를 전했다. 사신이 가져온 편지의 내용은 이러했다.

〈임경업이 명나라를 쳐서 항복 받은 것이 분명하지 않고, 또한 명을 받지 않고 스스로 조선에 돌아갔으니 문죄코자 하매, 임경업을 급히 잡아 보내라.〉

이번에야말로 임경업이 호나라에 간다면 분명히 죽을 것이기에 인조는 또다시 고민에 빠지고 말았다. 신하들을 모아 그 일을 의논하는데 김자점이 나서며 말했다.

"임경업이 명나라의 항복을 받은 것을 확인할 길은 없으나,

호 나라의 명을 받지 않고 곧바로 조선에 온 것은 그 죄가 작지 않습니다. 임경업을 잡아 호 나라로 보내는 것이 마땅한 줄로 아룁니다."

김자점과 간신들이 임금을 설득하니 임금은 어쩔 수 없이 그들의 요청에 따라 임경업을 또다시 호 나라에 보내기로 결심했다.

임경업은 호 나라로 가기 위해 말을 탔다. 저 멀리에서 호 나라 사신과 김자점이 이야기하고 있는 모습이 눈에 보였다. 호 나라 사신은 주변을 살피다가 금화 뭉치를 꺼내 김자점에게 넘겼고, 김자점은 재빨리 그것을 받아 감추고 자리를 피했다. 임경업이 생각건대 저것은 필시 김자점이 호 나라에 자신을 판 것이라. 그러나 이미 때는 늦었으니 임경업은 호위병들에게 둘러싸여 호 나라로 향했다. 그리고 여러 날이 걸려 압록강에 이르렀다. 그의 머리 위로 학 한 마리가 날아다니고 있었으나 임경업은 눈치를 채지 못했다.

이날 밤 사경에 되자, 임경업의 근처를 맴돌던 계화가 검은 옷을 입고 얼굴에 복면을 한 채 야영지를 급습했다. 경계를 서고 있던 호위병은 두 명. 계화는 옆에 있던 나뭇가지 두 개를 꺾어 손톱을 이용해 끝을 날카롭게 만들었다. 그리고 그

들의 급소를 향해 내던졌다. 어둠을 가르며 날아간 나뭇가지
는 정확하게 호위병의 목에 박히며 피에 젖었다. 그들은 기도
가 끊긴 채 아무런 목소리도 내지 못하고 바닥에 쓰러졌다.
계화는 다른 호위병들이 잠에서 깨지 않도록 조용히 임경업
에게로 다가갔다.

때마침 억울한 마음에 잠들지 못하고 있던 임경업은 인기
척을 느끼자 자리에서 벌떡 일어났다. 그리고 가슴에 품고
있던 단검 하나를 꺼내 들었다.

"누구냐?"

임경업의 목소리를 들은 계화는 복면을 벗고 예의를 갖추
며 말했다.

"저는 이시백의 부인 박 씨의 몸종 계화입니다. 장군님을
돕기 위해 왔습니다."

임경업은 계화를 알아보고 크게 안심하며 그녀를 따라 도
망치기 시작했다. 야영지를 벗어나자 고맙게도 비가 내리기
시작했는데, 흐르는 빗물에 그들의 흔적이 지워져 추적을 따
돌리기에 편했다. 도망에 성공한 그들은 이내 작은 동굴을 발
견하고 그곳에 몸을 숨겼다. 동굴의 위치가 눈에 띄지 않는
곳에 있어 추적자들에게 들킬 위험은 없었다. 그들은 젖은

옷을 말리기 위해 모닥불을 피워 옷을 말렸다. 임경업이 계화의 모습을 살펴보건대 머리와 옷이 젖어 묘한 느낌이 일어나 애써 눈을 돌렸다. 계화 또한 옷매무새가 신경 쓰여 자리가 불편했다. 어색한 침묵이 흐르던 그때, 침묵을 먼저 깬 사람은 임경업이었다.

"익히 너에 대한 소문을 들어 도술이 뛰어나다는 것은 알고 있었으나, 나를 구하기 위해 이곳까지 달려올 줄은 몰랐구나."

계화는 얼굴을 붉히며 고개를 숙였다.

"장군님은 조선의 위인이시잖습니까? 장군님이 이대로 끌려간다면 죽은 목숨이나 다름없다고 생각했습니다. 장군님은 우리 조선을 위해서라도 반드시 살아계셔야 합니다."

임경업은 오래전부터 억눌러왔던 감정이 다시금 솟구치는 것을 느꼈다. 그것은 계화를 향한 사랑이었다.

"그뿐이더냐?"

"네?"

"네가 나를 찾아온 이유가 조선 때문이냐?"

계화는 임경업의 마음을 느낄 수 있었다. 그의 뜨거운 시선이 그의 마음을 말하고 있었다. 임경업의 마음을 알기 위해 도술을 사용한 것은 아니다. 도술로는 설명할 수 없는 감정이 계화의 마음에 전해지고 있었다. 사랑이다. 그것이 사랑이었다.

"보고 싶었다."

그의 음성은 사랑으로 가득하여 계화의 마음을 열기에 충분했다.

날이 밝자 계화는 임경업의 잠을 깨우지 않게 조심하며 옷을 입었다. 모닥불의 열기 때문인지 사랑의 열기 때문인지는 알 수 없으나 젖은 옷에는 물기 하나 없었다. 계화는 가볍게 몸을 날려 사냥감을 찾아 나섰다. 허기를 달랠만한 무언가가 필요했다. 임경업도 그녀와 같은 배고픔을 느끼고 있을 터였다. 그러고 보면 신분의 차이란 겉보기에 지나지 않은 것 같았다. 이렇게 같은 배고픔을 느끼고 같은 아픔을 느끼며 같은 사랑을 할 테니까 말이다.

계화는 나무 위를 날아다니다가 곧 토끼 한 마리를 발견하고 독수리처럼 방향을 바꿔 몸을 날렸다. 한가로이 풀을 뜯고 있던 토끼는 자신도 모르는 새에 계화의 손에 목을 잡히고 말았다. 이 토끼 한 마리로 요기 정도는 할 수 있을 것 같았다.

그때였다.

'스사사삭!'

계화를 둘러싸고 있던 풀숲이 흔들렸다. 흔들리는 모양새로 보아 사람인 것 같았다. 정신을 집중해서 주변을 살펴보니 나무 뒤에도, 바위 뒤에도 사람이 숨어있었다. 적군임을 짐작한 계화는 포위당한 것을 알아채고 몸을 날려 자리를 피하려 했다. 몸을 웅크렸다가 하늘로 뛰어오르는 순간, 계화는 이상한 물체가 날아드는 것을 보고 몸을 움츠렸다.

"큭, 그물?"

그물이었다. 그물은 계화의 이동 경로를 막으며 날아와 그녀를 덮쳤다. 그물에 붙잡힌 계화는 도술을 이용해 그물을 날리고자 했지만, 그물은 스스로 힘을 발휘하며 더욱 강하게 조이기 시작했다. 계화는 도술이 발휘되지 않는 것을 이상하게 생각하며 그물을 살폈다. 그물의 곳곳에 부적이 붙어있었다. 그물이 스스로 움직일 수 있는 것은 부적 때문인 것 같았다. 계화가 그물의 힘을 이기지 못해 쓰러지자 곳곳에 숨어있던 병사들이 모습을 드러냈다. 호 나라 병사들이다. 그중에 한 명은 특이한 복장을 하고 있었는데 알 수 없는 동물의 털가죽을 어깨에 두르고 있었다. 그가 계화에게 다가와 말했다.

"당신이로군요. 조선에서 도술을 부린다는 자가. 인사드리지요. 저는 호 나라에서 온 사마인이라고 합니다."

한편 잠에서 깬 임경업은 계화가 옆에 없는 것을 확인하고 자리에서 일어났다. 간밤에 느꼈던 그녀의 체온이 아직까지 남아 있는 듯했다. 그런데 그녀의 모습이 보이질 않으니 불안한 생각이 들어 동굴 밖으로 나왔다. 한참을 찾아다녔지만 계화를 찾을 수는 없었다. 곰곰이 생각해보니 도술에 능한 그녀에게 무슨 일이 생기지는 않았을 것 같았다. 아마도 자신과 있었던 일이 부끄러웠거나 급한 일이 생겨 먼저 서울로 돌아갔을지도 모른다. 임경업은 더 이상 시간을 지체할 수 없다는 판단에 서울로 발걸음을 옮기다가 김자겸을 떠올리고, 김자겸이 있는 서울은 위험하다는 생각이 들었다. 임경업은 방향을 바꿔 충청도 속리산으로 향했다. 속리산에 이르니, 층암절벽에 한 암자가 있어 그곳에 들렀다. 임경업은 당분간 신분을 감추기 위해 그곳에 들어가 중이 되는 것이 낫다는 생각을 했다. 그가 다른 스님들처럼 머리 깎기를 원하자 그곳에 있던 승려 중에 독보라는 자가 나서서 그의 머리를 깎아 주었다.

임경업은 그곳에서 지내면서 앞날을 계획했다. 며칠 후, 계획이 완성되었다. 이대로 서울로 돌아갈 수 없으니 명나라로 가고자 결심했다. 암자를 떠나려 하니 뜬금없이 독보가 따라나섰다. 독보는 임경업의 신분이 평범치 않음을 알아보고 그를 따라나선 것이다. 독보는 임경업의 짐을 나눠지고 임경업의 뒤를 쫓았다. 독보는 평소 임경업에게 궁금했던 것을 물었다.

"내가 산속이 심심하여 절을 떠나긴 했지만, 지금 우리가 어디로 가는 것인지 궁금하오."

그제야 임경업은 입고 있던 승복을 벗어 정체를 드러내며 그에게 말했다.

"나는 의주 부윤 임경업 장군이다. 일전에 세자저하를 구하기로 약속한 적이 있어 죽기 전에 그 약속을 지키려 한다."

독보는 그의 인물됨이 큰 것을 알고 있었으나 그렇게 큰 벼슬을 하고 있는 자인지 몰랐기에 크게 놀라면서 머리를 숙여 임경업의 뒤를 묵묵히 따랐다.

계화는 눈을 떴다. 온갖 잡동사니 물건들이 널려있고, 곳곳에 농기구도 보이는 것으로 보아 어느 농가의 창고처럼 보였다. 손과 발을 움직이려 하니 밧줄로 꽁꽁 묶여있어 꼼짝도 할 수 없었다. 도술을 이용하면 자유로워질 수 있겠지만 도술이 발휘되지 않는 것을 보아 밧줄에도 부적이 붙어있음을 짐작할 수 있었다. 잠시 후 호 나라 병사들이 들어와 그녀를 끌고 밖으로 나갔다. 창고 밖에는 사마인이 기다리고 있었다.

"아무리 찾아도 임경업 장군을 찾을 수가 없군요. 당신에게 그의 위치를 물어도 대답을 들을 수는 없을 것 같습니다. 당신을 붙잡았으니 저는 그것으로 만족하려고 합니다. 어서 가시지요. 갈 길이 멉니다."

그렇게 걷고 또 걸어 몇 날, 며칠이 지나서야 국경에 이를 수 있었다. 이곳까지 이르는 동안 때로는 농가에서, 때로는 숲속에서 야영을 하는 것을 보아 사마인이라는 자는 도술을 부리지 못하는 자라는 사실을 알 수 있었다. 만약 도술이 가능했다면 계화를 끌고 단숨에 호나라로 이동하는 것이 가능했을 테니 말이다. 말을 타는 것도 아니고, 더구나 포로까지 붙잡고 있으니 이들의 이동은 너무나 더디었다.

어느 날 사마인은 가슴에 품고 있던 단검 하나를 꺼내어 계화에게 보여주었다.

"이 단검을 기억하십니까? 제가 우리 공주님에게 선물한 무기입니다. 주술로 몇 개월이나 걸려 완성한 이 단검을 무용지물로 만드셨더군요."

계화가 그것을 살펴보니 단검의 날에 알 수 없는 글자들이 새겨져 있었다. 오래전에 이시백을 죽이러 왔다가 박 씨 부인에게 혼이 나서 쫓겨난 기룡대가 이와 같은 단검을 가지고 있었다. 즉, 이 단검은 기룡대가 가지고 있던 단검이라는 말이었다. 그 당시 박 씨 부인은 기룡대의 단검에 깃든 사악한 기운을 쫓아내 무력하게 만들었다. 아마도 사마인은 그 칼을 무용지물로 만든 사람이 계화라고 생각하는 것 같았다. 계화는 사마인의 말을 통해서 그의 능력을 짐작할 수 있었다. 아마도 주로 사용하는 무기는 부적. 그리고 사물에 사악한 기운을 심는 주술을 행하는 것이 가능한데, 그의 말에 의하면 그 주술을 행하는 것에는 오랜 시간이 걸리는 듯했다.

"본래 이렇게 말씀이 없으십니까?"

계화는 말없이 사마인을 노려봤다. 사마인은 그녀의 눈빛에 담긴 살기를 느끼며 미소 지었다.

"당신은 강한 사람입니다. 그래서 당신만을 위한 선물을 준비하고 있지요. 기대하셔도 좋습니다."

사마인의 미소가 섬뜩하게 느껴졌다.

7. 역사가 되어

길고 긴 여정 끝에 명나라에 도착한 임경업과 독보는 명나라의 임금을 찾아갔다. 임경업이 명나라 임금에게 절하고 일전에 약속한 대로 호 나라의 항복을 받아내어 세자들을 구하겠다고 말하니, 명나라 임금은 기꺼이 군사들을 내어주기로 약속했다. 임경업은 호 나라를 칠 계획을 짜고 군사들을 훈련시키기에 이르렀다. 모든 상황을 지켜보던 독보는 자리를 떠서 호 나라와 내통하는 자를 찾았다. 그리고 그간에 있었던 일들을 설명했다.

"조선의 장군 임경업이 남경에 들어와 군대를 거느리고 북경을 쳐서 병자년 때의 원수를 갚으려고 하니, 임경업을 잡고 싶거든 나에게 천금을 주시오."

독보의 말을 들은 사내는 급히 호 나라에 들려 임금에게 말하고 독보에게 천금을 전해주었다. 독보가 사내에게 임경업의 이동 경로를 시시때때로 알려주니, 호 나라 군사들이 때를 기다렸다가 어렵지 않게 임경업을 생포할 수 있었다. 호 나라 군사들에게 사로잡힌 임경업은 임금에게로 끌려갔다.

호 나라 임금은 임경업을 꾸짖었다.

"병자년에 조선의 항복을 받고 돌아왔거늘, 네가 어찌하여 명나라와 꾀하고 우리나라를 침범하려 하느냐?"

이에 맞서 임경업은 큰 소리로 외쳐 말했다.

"너의 간계로 우리 임금님을 겁박하고 세자를 잡아가니, 그 분통함을 어찌 참을 수 있겠느냐? 조선을 위하여 원수를 갚고자 했으나 이렇게 붙잡히게 되었으니 속히 나를 죽여 나의 충의를 나타내라!"

호나라 임금은 목숨이 위태로운 상황에서도 굴하지 않는 임경업의 모습에 내심 감탄하며 말했다.

"내 명령 한 번이면 네 목숨도 먼지처럼 사라지게 될 터. 네가 이 자리에서 항복하고 나에게 충성을 맹세한다면 목숨을 살려주리라."

임경업은 조금의 흔들림도 없었다.

"이미 조선을 위해 바친 목숨인데, 내가 어찌 목숨을 부지

하려고 네놈에게 항복하겠느냐? 바삐 죽여라!"

호 나라 임금은 임경업의 강직함에 탄복했다. 호 나라에는 저런 장수가 없기 때문에 오랑캐라 불린다고도 생각했다. 임금은 자신에게 없는 장수가 조선에 있다고는 하나, 임경업을 죽이면 조선을 시기하고 부러워하는 것만 같아서 차마 그를 죽일 수 없었다.

"장군이 내게는 역신이나 조선에는 충신이로구나. 내 어찌 충절을 해하리오. 장군의 원대로 즉시 세자를 조선으로 돌려보낼 것이니, 장군은 내 곁에 머물러 주면 어떠한가?"

임경업이 당황해하며 영문을 알 수 없었으나, 거절할 수 없는 제안이기에 그리 하겠다고 약속했다. 이에 호 나라 임금이 크게 기뻐하며 그 자리에 세자들을 불렀다.

"임경업 장군이 그대들을 대신해 이곳에 남기로 하였으니 이제 조선으로 돌아가도 좋다. 가기 전에 소원이 있다면 이야기해 보아라."

세자들은 서로 눈치만 보다가 임경업 장군의 웃는 모습을 보고 그 말이 진심인 것을 확신하여 입을 열었다.

"조선으로 돌아갈 때 금은보화를 주셨으면 합니다."

호 나라의 임금이 흔쾌히 허락하고 금은보화를 주어 왕자들을 조선으로 보내니 인조는 크게 기뻐하며 연회를 열었다. 연회가 끝나고 인조는 왕자들을 불러 그간에 있었던 일을 물었다.

"그래, 너희들이 돌아올 수 있었던 것은 임경업 장군 덕이었다지?"

"그렇습니다."

"호 나라 임금은 마지막에 어떤 말을 하더냐?"

"우리에게 소원을 물었습니다."

"소원이라고? 그래, 무엇을 말했느냐?"

세자는 의기양양하여 말했다.

"금은보화를 달라고 하여 국고에 도움이 되고자 했습니다."

세자의 말을 듣고 있던 인조는 크게 분노하며 말했다.

"임경업 장군이 너희 목숨을 살리려 그렇게 노력했는데 너희는 금은보화를 소원이라고 말했다는 것이냐? 금은보화가 산을 이룬다고 하거늘, 임경업 장군보다 귀하더냐?"

분을 참지 못한 인조는 이내 옆에 있던 벼루를 집어 던졌는데 그것이 세자의 다리에 맞고 말았다. 심하게 부상을 입은 그는 결국 한평생 다리를 절었으며, 임금은 둘째 대군을 세자로 봉했다.

호 나라 임금은 임경업의 마음을 돌리기 위해 부단한 노력을 기울였다. 먼저 임경업을 팔아넘긴 독보를 찾아 죽였다. 또한 임경업에게 온갖 진귀한 보물을 준 것은 물론이오, 날마다 그를 찾아가 이야기를 나누었다. 그러나 조선을 향한 임경업의 충의는 조금도 흔들림이 없었다. 그러나 호 나라 임금 또한 그를 포기할 생각이 없었으니 임경업에게 자신의 딸과 결혼할 것을 제안했다.

소문에 의하면 호나라 공주는 임경업에게 과분할 정도로 아름답고 총명하다고 했지만, 임경업은 전혀 기쁘지 않았다. 조선에 있는 몸종 하나가 자리 잡고 있는 그의 마음에 공주가 낄 자리가 없는 것이다. 하지만 그녀는 호나라의 공주다. 지금의 제안을 거절한다면 호나라와 조선의 관계가 또다시 악화될 수도 있는 상황이다. 순간 임경업은 묘안을 떠올렸다. 그 자리에서는 결혼을 승낙하고 그녀의 마음에 들지 않는 행동을 하여 공주 스스로 결혼을 거부하도록 만드는 것이었다. 임경업은 공주를 처음 만나는 자리에 나가기 전, 신발에 헝겊을 쌓아 자신의 키를 세 치나 높였다. 그리하여 몸은 구부정해지고 걸음은 부자연스럽게 되었다. 계획대로 공주는 임경업의 구부정한 모습이 싫다는 이유로 결혼을 거부했다. 임경업뿐만 아니라 딸까지 결혼을 거부하니 그를 더욱 붙잡을 수가 없어서 안타까워하던 중, 신하 하나가 나서며 말했다.

"절개가 높고 조선을 향한 충의가 남다른 장수입니다. 그를 이곳에 묶어두어 이익이 될 것도 없고, 조선으로 돌려보내더라도 해로움이 없을 것입니다. 그를 의義로 대하여 보낸다면 조선 또한 의義로 우리를 섬길 것이니 그를 보냄이 마땅합니다."

호 나라 임금은 고심한 끝에 그에게 많은 예물을 갖추어 조선으로 보내기로 결심했다.

어느덧 사마인이 호 나라 대궐에 이르기 하루 전, 사마인은 미리 보낸 연락병을 통해 대궐의 소식을 전해들을 수 있었다.

"뭣이? 임경업을 잡았다고?"

사마인은 임경업을 사로잡았다는 소식을 듣고 박수를 치며 즐거워했다. 그러나 연락병의 말은 아직 끝나지 않았다.

"그런데 임금께서는 임경업의 목숨을 살려주었습니다."

임경업의 목숨을 살려주었다는 말에 사마인은 의외로 덤덤한 표정을 지으며 고개를 끄덕였다. 소문에 의하면 임경업은 호 나라에서 볼 수 없는 훌륭한 장수로 정평이 나있던 터였다. 막상 그러한 자를 붙잡았으나 그를 참수하기에는 안타까웠을 것이 분명하다. 인재를 볼 줄 아는 호 나라 임금이라면 그를 설득하여 자신의 수하에 두려는 욕심을 부렸을 지도 모른다.

옆에서 그들의 대화를 듣고 있던 계화는 임경업이 붙잡혔다는 말을 들었을 때 하늘이 무너지는 기분이 들었으나 곧 그가 살아있다는 말에 안도할 수 있었다. 임경업이 살아만 있다면 언제고 기회를 만들어 그를 구출하면 되는 일이다.

"이상한 것은 임금님께서 임경업을 공주님과 결혼 시키려 한다는 것입니다."

이어지는 연락병의 말에 계화는 깜짝 놀라며 숙이고 있던 얼굴을 들었다. 그리고 그녀의 눈동자가 흔들리는 것을 사마인은 놓치지 않았다.

"오호라. 그렇군요."

사마인은 음흉한 웃음소리를 내며 계화에게로 다가왔다.

"나는 이 눈빛을 알고 있지요. 슬픔으로 가득한 눈빛. 이러한 눈빛은 연인들 사이에서나 볼 수 있는 것입니다."

계화는 다시 머리를 숙여 그의 시선을 피했다.

"입고 있는 옷을 보면 몸종임이 분명할진대, 조선의 장군과 사랑이라니. 재미있군요. 하지만 사랑이란 강한 힘의 근원. 혹시 모르니 당신을 위해 준비한 선물을 꺼내야겠습니다."

사마인은 주머니를 뒤져 작고 작은 바늘 하나를 꺼냈다.

"이것은 당신을 잡은 그 날부터 지금까지 만든 것입니다."

계화가 바늘을 보니, 그 크기가 너무 작아 바늘의 용도를 알 수 없었다. 사마인은 바늘을 들고 다가와 계화의 손을 붙잡고 손목에 바늘을 찔러 넣었다.

"이 바늘은 당신의 혈관을 타고 몸의 구석구석을 다니며 당신의 도술을 파괴할 것입니다. 물론 상당한 고통이 따르겠지요. 통증에 괴로워하는 당신은 걷기가 힘들 테니 통증이 가라앉기를 기다려 이동할 수밖에요. 이대로라면 대궐에 입성하는 것은 아마도 이틀 뒤에나 가능할 것 같습니다."

말을 마친 사마인은 연락병을 향해 말했다.

"너는 지금 바로 대궐로 가서 도착이 하루쯤 늦어진다고 전하고, 새로운 소식이 있으면 내일까지 나를 찾도록 해라."

연락병이 떠나자, 계화는 밀려오는 고통을 못 이겨 비명을 질렀다.

"끄아아아악!"

손목을 뚫고 들어간 바늘은 밤새도록 계화의 몸속을 돌아다녔다. 바늘이 이동할 때마다 큰 고통이 이어졌는데 계화는 그때마다 몸을 비틀고 바닥을 뒹굴었다. 그 통증이 너무 심해 견디기 힘든 탓이다. 그렇게 밤을 새고 새벽이 오니 모든 기력을 소진할 수밖에 없었다. 사마인의 말대로 계화의 도술은 심하게 망가져 거의 남지 않게 되었다. 바늘이 몸의 구석구석을 돌아다니다가 손바닥에 이르렀을 때, 계화는 바늘이 손가락 끝으로 오는 것을 느끼며 재빨리 손목을 비틀었다. 하루 사이 계화의 몸부림이 심했던 터라 밧줄의 매듭은 느슨해져 있었고, 그녀의 두 손은 그렇게 밧줄에서 벗어날 수 있었다. 계화는 바늘이 아직 손가락 끝에 있는 것을 확인하고 재빨리 입을 벌려 손가락을 깨물었다.

'까드득!'

계화의 앞니가 손가락뼈에 닿으며 소리가 났다. 계화는 바늘이 있는 부분의 살점을 뜯어 바닥에 뱉어냈다. 그러자 온몸에 전해지던 통증은 온데 간데 사라지고, 손가락의 통증만이 남게 되었다. 계화가 남아 있는 도술을 끌어모으니 어지간한 사내 정도의 힘은 발휘할 수 있을 것 같았다. 그때, 계화의 비명소리가 듣기 싫어 멀리에서 경계를 서고 있던 병사가 다가오니 계화는 그의 다리를 걸어 넘어뜨리고 목을 끌어

안아 기절시켰다. 계화는 그가 차고 있던 칼을 빼내어 잠을
자고 있는 병사들의 가슴을 차례차례 찔렀다. 마지막으로 사
마인을 발견한 계화는 다른 병사들과 마찬가지로 그의 가슴
에 칼을 꽂아 넣으려 했다.

'챙!'

그 순간, 사마인의 옆에 있던 장검 하나가 몸을 움직여 계화
의 검을 튕겨냈다. 그 장검에는 알아볼 수 없는 문자가 가득
했다. 장검이 계화의 빈틈을 노리고 계속해서 공격해오자 계
화는 도술이 아닌 무예를 발휘하여 공격을 막아냈다. 칼과 칼
이 부딪치는 요란한 소리에 놀란 사마인은 잠에서 깨어났다.

"아니, 어떻게?"

사마인은 어리둥절한 모습으로 허둥대다가 이내 마음을 가
다듬었다. 그리고 허리에 차고 있던 칼을 꺼내 계화를 향해
던졌다. 그 칼은 곧 스스로 움직이며 또 다른 방향에서 계화
를 공격했다. 불시에 두 개의 칼을 상대하게 된 계화는 방어
에서 밀리자 서서히 뒤로 물러서기 시작했다. 이대로는 위험
할 것이라 판단한 계화는 들어오는 공격을 무시하고 사마인
을 향해 들고 있던 칼을 집어 던졌다.

'푸푹!'

계화가 던진 칼이 사마인에게 명중하는 순간, 계화를 공격하던 칼 중에 하나가 그녀의 옆구리를 찔렀다.

"끄악!"

사마인이 칼을 맞고 쓰러지자 계화의 옆구리에 박힌 칼도 힘을 잃어 움직임을 멈추었다. 계화는 옆구리에 꽂힌 칼을 빼내어 손으로 들었다. 간신히 몸을 지탱하며 서 있는데 저 멀리서 말을 타고 달려오는 연락병 하나를 볼 수 있었다. 계화는 몸을 숨기고 있다가 연락병이 도착하자 몸을 움직여 연락병의 목에 칼을 들이밀었다. 연락병은 두 손을 높이 들고 두려움에 몸을 떨었다.

"임경업 장군님은 어찌 되었느냐?"

"임경업은 결혼을 거부당하고 조선으로 돌아가기 위해 어제 아침 떠났습니다."

새로운 소식을 들은 계화는 옆구리에 흐르는 피를 눌러 막으며 말에 올라 조선으로 향했다.

한편 조선에서는 임경업이 돌아온다는 소식에 기쁨을 감추지 못했다. 특히 인조는 뛸 듯이 기뻐하며 임경업이 돌아오기만을 기다렸다. 이에 김자점이 임금에게 나아와 말했다.

"제가 호 나라에서 소문을 들었사온데, 임경업은 반신입니다. 전하의 명령을 거역하고 도망쳐서 명나라에 들어가 조선을 치기로 계획하였다가 하늘이 허락하지 않아 호 나라에 잡혀 제 계교를 이루지 못하매, 어찌 이런 대역죄인을 그저 두겠단 말입니까?"

김자점의 말을 듣고 있던 인조는 그의 말을 믿지 않으며 대답했다.

"김자점은 무슨 연고로 충신을 해하려 하는가? 설령 임경업이 과인을 해롭게 한들, 나는 어느 누구도 임경업을 해치지 못하게 하리라! 이만 나가보아라!"

김자점이 자리를 떠나 나오매, 간신들을 모아 말했다.

"임경업을 이대로 둔다면 호 나라와 내통하던 나의 행적과 오늘 있었던 거짓말이 모두 탄로가 나니, 그대들은 임경업이 의주에 도착하면 역적으로 잡아오라!"

이러한 사실을 모르고 기쁜 마음에 조선으로 돌아오던 임경업이 의주에 이르자, 그곳에 있던 관군들이 임경업을 둘러쌌다. 그리고 임경업을 향해 말했다.

"조선의 역적, 임경업을 포박하라!"

그들이 순식간에 임경업의 목에 칼을 채우고 끌고 가니 임경업은 오해가 있는 줄 알고 반항조차 하지 않았다. 의주에 있던 백성들은 임경업을 보며 기뻐하고 즐거워하다가 상황이 이상하게 돌아가는 것을 느끼고 임경업을 따라가며 외쳤다.

"우리 장군님이 만리타국에서 이제야 돌아오거늘, 무슨 연고로 잡아가는고."

임경업 또한 놀라며 백성들을 향해 말했다.

"내가 이렇게 끌려가는 것에 놀라지 말라. 나는 죄가 없이 잡혀가느니라."

그렇게 감옥에 갇힌 임경업은 목이 말라 물을 구하되 옥졸이 주지 않고, 병이 생겨 의원을 불러도 의원이 김자점을 두려워하여 치료를 하지 못하니 나날이 병세가 심해졌다. 임경업의 병세가 심해져 곧 죽을 것이라는 이야기를 들은 김자점은 어느 날 병사들을 이끌고 그곳을 찾아 임경업을 지켜보며 말했다.

"네놈이 죽는 모습을 지켜보니 참으로 안타깝구나! 하지만 어쩌겠느냐? 역적은 역적답게 인생을 마무리할 것이니라."

임경업은 죽어가는 중에도 김자점의 음성을 듣고 대답했다.

"조정에 있는 자라면 나의 충심을 모를 리가 없다. 그들이 나에게 역적의 죄를 씌우지는 못할 터. 나를 역적으로 본 자가 있다면 그가 바로 역적일 것이다."

이에 김자점이 큰 소리로 웃으며 말했다.

"네놈이 지금 나를 역적으로 모는 것이냐?"

"뭣이라고?"

그제야 임경업은 김자점이 자신에게 역적의 누명을 씌운 것을 뒤늦게 깨닫고 분노하며 일어났다. 간사하고 영악한 김자점의 얼굴을 자세히 볼 수 있었다. 임경업은 끓어오르는 분노에 치를 떨었지만, 감옥에 갇혀 병까지 얻은 신세로는 어찌할 도리가 없었다. 그때였다. 저 멀리에서 말 한 마리가 나타나 이곳을 향해 다가왔다. 말 위에는 사람이 하나 쓰러져 있었다. 그 정체를 알 수 없어서 병사들이 가서 확인해보니 여자였다. 병사 중 하나가 김자점을 향해 외쳤다.

"계집입니다! 옷을 보니 어느 양반집 몸종 같습니다요."

김자점이 의심스러워 다가가 살펴보니 익숙한 얼굴이라. 곧 이시백의 아내 박씨 부인의 몸종인 것을 알아채고 화들짝 놀라며 온몸을 떨었다.

"이년은 계화가 아니더냐!"

계화라는 말에 근처에 있던 병사들이 겁에 질려 한 걸음씩 뒤로 물러났는데, 익히 그녀의 활약을 소문으로 들었던 탓이다. 김자점의 반응에 놀란 것은 그들만이 아니었다. 감옥에 갇혀 있던 임경업이 김자점의 말을 듣고 창살을 부수고 뛰쳐 나와 김자점을 향해 달려갔다. 김자점은 임경업이 달려오는 것을 보고 다리에 힘이 풀려 자리에 주저앉았다. 임경업은 아무렇지 않게 그를 지나쳐 계화에게로 달려갔다. 계화의 옷은 그녀가 흘린 피로 붉게 물들어 있었다. 간신히 계화를 만난 임경업은 이미 그녀의 숨이 끊겨 있음을 알아채고 통곡하며 말했다.

"하늘이 땅을 사랑하는 것에 누구의 허락이 필요하단 말이냐!"

병세가 심했던 임경업은 계화의 시신을 끌어안은 채 힘이 다하여 서 있기조차 어려운 상태에 이르렀다. 김자점은 계화가 죽은 것과 임경업이 병세에 힘을 못 쓰는 것을 확인한 후에 용기를 얻어 병사들을 향해 외쳤다.

"쳐라!"

김자점의 명령에 병사들이 움직여 임경업을 때리니 결국 그는 고통을 이기지 못하고 계화를 끌어안은 채 죽음에 이르게 되었다. 때는 임경업의 나이 46세가 되던 해였다. 임경업과 계화의 죽음을 확인한 김자점은 부하들을 시켜 계화의 시신을 근처에 아무렇게나 묻게 하고 임경업의 시신은 따로 보관하도록 했다. 그리고 금부로 돌아와 간신들에게 이야기했다.

"임경업은 그동안에 기망한 말이 무수하고 죄가 있을까 하여 자결한 일로 아뢰라."

임경업 장군의 자살소식을 들은 인조가 애통해하며 말했다.

"참으로 슬프도다. 임경업 장군이여, 내가 그대를 그리다가 다시 못 보고 속절없이 영결할 줄 내 어찌 알았으리요."

임금의 눈물이 바닥을 적셨다.

어느 날 새벽, 인조가 잠을 자다가 꿈을 꾸었는데 꿈에서 임경업 장군이 나온지라. 임경업은 온몸에 부상을 입은 채 피를 흘리고 있었다. 그가 임금을 보고 말했다.

"살아서 전하를 뵙고자 했지만, 역적 김자점의 계교로 인해 옥살이를 하다가 결국 이렇게 꿈에서나 뵙게 되었으니 저를 용서하소서. 죽어서도 전하의 안위가 걱정되나니 속히 김자점을 처형하시어 제 한을 풀어주시고, 제가 살아서 이루지 못한 사랑이 제가 죽은 그곳에 아무렇게나 버려져 있으니 장사지내주시길 부탁드립니다."

날이 밝자, 인조는 참으로 기괴한 꿈이라 생각하며 평소에 그와 친했던 이시백과 간신 김자점을 불러 대질하니 김자점이 발뺌할 수 없었다. 이시백은 김자점의 죄를 낱낱이 밝혔는데, 호 나라와 내통하며 역심을 품은 것과 임경업을 모해한 일들이 모두 드러나 인조는 크게 분노했다.

"당장 김자점을 끌어다가 저잣거리에 능지처참하라!"

그렇게 말해놓고도 분이 풀리지 않았던 인조는 임경업의 가족들과 친족들까지 불러 김자점의 죄상을 일러주고 김자점을 그들에게 넘겨주어 마음대로 하도록 허락했다. 그들은 김자점을 끌어다가 비수로 배를 가르고 오장을 끊은 후에 숨이 끊어지자 저잣거리에 내어 던졌다. 근처에 있던 백성들은 때를 기다렸다는 듯이 김자점의 시체로 달려들었는데 줄을 지어 발로 밟고 뼈를 돌로 짓이겨 꾸짖었다.

임경업에게 미안한 마음이 가득했던 인조는 달내에 그를 기리는 서원을 세웠고 그가 부탁한 대로 계화의 시신을 찾아 임경업과 함께 묻어주었다. 소식을 들은 박씨 부인은 임경업의 별과 함께 사라진 계화의 별을 바라보며 슬퍼하고 애통해했는데, 특히 자신의 운명과 맞서 싸운 용감한 계화의 모습을 죽는 날까지 잊지 않았다.

그날 밤 동굴 안에서 모닥불이 은은한 불빛으로 사그라질

때 두 사람의 사랑은 도저히 식을 줄 몰랐다. 임경업이 계화의 머리를 쓸어 넘기며 말했다.

"문득 일전에 너에게 물었던 질문이 떠오르는구나."

계화가 임경업을 바라보니 임경업이 말을 이었다.

"자고로 세상에는 하늘과 땅이 있는 것처럼 위와 아래가 있는 법. 그러나 하늘이 땅을 내려 보고 사랑한다면 어떨 것 같으냐?"

계화는 그의 질문을 기억해냈다. 당시에는 임경업이 취중에 하는 말로 이해했다. 그러나 그가 그때의 질문을 기억하는 것으로 보아 임경업의 마음이 진실했음을 알게 되었다. 당시에 계화는 이렇게 답변했다.

"하늘은 하늘로 존재하고 땅은 땅으로 존재하되, 하늘은 땅을 품고 땅은 하늘을 품을 수 없으니, 그 사랑은 일방적일 수밖에 없다고 생각합니다."

임경업은 그때를 회상했다. 그녀의 답변이 과거와 다르지 않았다. 사실, 임경업이 진짜 하고픈 질문은 이것이었다.

"하늘의 내가 땅의 너를 사랑한다면 그것은 일방적인 사랑인 것이냐?"

계화는 가슴이 뜨거워지는 것을 느꼈다. 이 고백이다. 그녀의 가슴을 뛰게 만들었던 그의 고백. 당시에는 자리를 피하기 위해 거짓을 말했지만, 지금은 그때와 다르다. 과거는 현재와 다르다.

"아닙니다."

임경업의 가슴이 심하게 뛰었다. 당시의 답변과 다르다. 그녀의 마음이 달라진 것이다.

"왜냐?"

임경업은 계화의 눈을 바라보며 물었다.

"땅도 하늘을 사랑하기 때문입니다."

임경업의 눈에서 눈물이 흐르기 시작했다. 나라를 위해서 눈물을 흘린 적은 있지만, 한 여인을 위해 눈물을 흘린 것은 처음이다. 임경업은 행복에 겨워 말했다.

"고맙다. 참으로 고맙다. 언젠가는 하늘과 땅이 사랑할 수 있는 시대가 올 것이야."

그렇다. 과거는 이미 지나갔기에 과거다. 우리는 현재를 살아가고 있다. 그리고 미래는 우리가 만들 것이다.